Jörg Matthias Braun

# Kagenbusch

–

## Eine Lebensbeichte

Historischer Kriminalroman
–
Frei nach tatsächlichen Begebenheiten

# Weitere Bücher desselben Autors

**Fixfeuer**
(Roman)
ISBN 978-3-7578450-8-7

**Bernkastel-Kueser
Kriminalgeschichten**
ISBN 978-3-7693-6829-1

**Der Nachtwächter**
(Roman)
ISBN 978-3-8192-6591-4

Jörg Matthias Braun

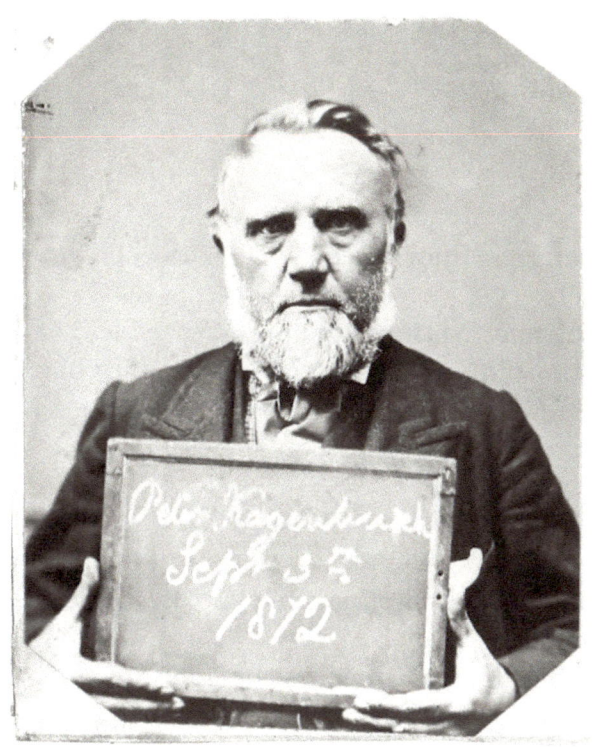

# Kagenbusch

—

## Eine Lebensbeichte

Historischer Kriminalroman
—
Frei nach tatsächlichen Begebenheiten

Bibliografische Information der Deutschen Nationalbibliothek:
Die Deutsche Nationalbibliothek verzeichnet diese
Publikation in der Deutschen Nationalbibliografie;
detaillierte bibliografische Daten sind im Internet
über dnb.dnb.de abrufbar.

Verlag: BoD · Books on Demand GmbH, Überseering 33,
22297 Hamburg, bod@bod.de
Druck: Libri Plureos GmbH, Friedensallee 273,
22763 Hamburg

ISBN: 978-3-8192-3072-1

Titelfoto: Peter Kagenbusch, aufgenommen am 3.
September 1872 im Gefängnis von Northallerton/
England (North Yorkshire Archives, QP: Police).

# Vorwort

Johann Peter Kagenbusch wurde im Jahr 1816 in einem heutigen Stadtteil von Bochum geboren.

Sein ganzes Leben hindurch war er als Schwindler, Hochstapler und Betrüger unterwegs, denn ein besonderes Talent war ihm zu eigen – er konnte andere Menschen von seinen Plänen und Projekten überzeugen. Beispielsweise die Bänker der Kasseler Leih- und Commerzbank, die nach ihrem Bankrott als Hauptgeldgeber des „Moseler Bergwerks- und Hüttenvereins" – einer Gesellschaft, die zu dieser Zeit vielen Bewohnern rund um Bernkastel Arbeit gab – auf einer Menge Schulden sitzen blieb.

Aber auch in England, Wales, Schottland und Paris trieb Kagenbusch sein Unwesen und gaukelte den Leuten vor, er könne Gold aus jeder Art von Gestein extrahieren. Er war damit schon im 19. Jahrhundert ein international agierender Krimineller.

Dieser Roman zeichnet die unglaubliche Lebensgeschichte Kagenbuschs, sowie die Orte an denen er wirkte, über beinahe 50 Jahre bis zu seinem Tod im Jahr 1888 nach und beleuchtet die Methoden, wie er seine Betrügereien erfolgreich durchführen konnte.

*Jörg Matthias Braun,* im Juni 2025.

# Das rote Tuch

„Schwester! Schwester! Kommen Sie schnell!", rief der junge Mann, so laut er es in seinem Zustand konnte.

Eine Krankenschwester in weißer Uniform eilte ins Zimmer.

„Er hat einen Hustenanfall und hört nicht mehr auf!", sagte der junge Mann zu ihr und zeigte auf den alten Mann, der in dem Krankenbett neben ihm lag.

Die Schwester lief aus dem Zimmer und kam nach kurzer Zeit mit einem warmen Wickel zurück, den sie dem alten Mann auf die Brust legte. Außerdem hatte sie einen warmen Kräutertee mit Honig und Zwiebeln dabei, den sie ihm schlückchenweise zu trinken gab. So langsam beruhigte sich seine Atmung und er ließ sich erschöpft nach hinten in sein Kissen sinken. Dabei lösten sich die Finger seiner rechten Hand, die bisher das große Taschentuch umklammert hatten und dieses nun freigaben. Die Krankenschwester sah, dass es blutdurchtränkt war, nahm es und legte es in die Blechschale, die auf seinem Nachttisch stand.

Auch der junge Mann, der vor zwei Tagen nach seinem Unfall operiert worden und erst vor einer halben Stunde nach dem Abendessen auf dieses Zimmer verlegt worden war, hatte das viele Blut gesehen.

„Geht es ihm sehr schlecht?", fragte er.

Sie schaute den Alten an und als sie sah, dass er scheinbar schlief, flüsterte sie:

7

„Es geht dem Ende zu. Wenn ein Patient erst einmal Blut hustet oder spuckt, dann sind in 9 von 10 Fällen seine Tage auf Gottes Erde gezählt!"

Sie bekreuzigte sich, nahm die Blechschale und verließ das Zimmer.

Die beiden Männer waren wieder alleine. Nach den hektischen letzten Minuten war es nun beinahe gespenstisch still im Raum. Lediglich das schwere Atmen des alten Mannes war zu vernehmen.

Der junge Mann schaute sich seinen Bettnachbarn genauer an. Viel war von ihm nicht zu erkennen, denn lediglich sein Kopf, seine Arme sowie Schultern und Brust schauten über die Bettdecke raus.

Er schätzte sein Alter auf ungefähr 70 Jahre. Seine Haare waren teilweise noch grau aber überwiegend weiß, der Bart ein paar Zentimeter lang. Die Augen standen dicht beisammen und hatten noch immer einen stechenden Blick, unter ihnen hatten sich altersbedingte Tränensäcke gebildet. Anhand der Position seiner Füße unter der Bettdecke, die viel weiter vom Bettende entfernt waren als seine eigenen, schätze er, dass der Mann nicht besonders groß war. Vermutlich irgendwo zwischen 1,50 und 1,60 Meter. Die Hände waren relativ kräftig, man sah, dass der Alte in seinem Leben körperlicher Arbeit nachgegangen war – wohl nicht so viel wie ein Bergmann oder Ackerer, aber auf jeden Fall mehr als ein Buchhalter oder Bankier. Früher war er vermutlich von stämmiger Natur gewesen, aber das Alter und sein Gesundheitszustand hatten dafür gesorgt, dass jetzt nur noch ein „Männchen" in dem Bett lag.

Der junge Mann fragte sich, ob er auch einmal so enden würde, dann ließ er seinen Kopf wieder auf das Kissen niedersinken. Er war nach der kürzlich durchgestandenen Operation noch immer schwach und schlief in Sekundenschnelle ein.

## Nur noch ein paar Tage

Schwester Hildegard hatte eigentlich schon Feierabend, als sie das Schwesternzimmer betrat. Dort befand sich gerade Dr. Koch, Oberarzt und Lungenspezialist des städtischen Krankenhauses in Hagen.

„Dr. Koch, schauen Sie bitte einmal", sagte sie und hob mit spitzen Fingern an einer Ecke das blutverschmierte Taschentuch aus der Blechschale.

„Zimmer 7?", wollte der Doktor wissen.

„Ja", sagte sie.

„Wie ich es befürchtet hatte – die Dinge gehen ihren Gang!", meinte er nüchtern.

„Was glauben Sie, Herr Doktor, wie lange hat der Patient noch?", fragte die Krankenschwester.

„Das ist immer schwer zu prognostizieren", sagte Dr. Koch. „Maximal drei Wochen, ich rechne jedoch eher mit nur noch ein paar Tagen ..."

„Ich werde die Nachricht an die anderen Schwestern weitergeben", sagte Schwester Hildegard.

„Wenn nötig, müssen wir dem Patienten auch Morphium geben. Es ist relativ wahrscheinlich, dass er starke Schmerzen bekommen wird", ergänzte der Oberarzt.

„Ja, es wäre gut, wenn er nicht unnötig leiden müsste", war Schwester Hildegard einer Meinung mit ihrem Chef.

Sie setzte sich nieder, um den Bluthusten des alten Mannes noch im Schwesternbuch zu protokollieren. Anschließend wollte sie endlich nach Hause gehen.

## Angenehm

Es kam Bewegung in das Bett auf Zimmer 7 – der alte Mann regte und drehte sich, bevor er seine Lider aufschlug. Er blickte in das Gesicht eines jungen, ihm unbekannten Mannes, den er auf Mitte oder Ende Zwanzig einschätzte. Dessen Gesicht, das ein leichter Stoppelbart zierte, hätte man als ansehnlich bezeichnen können, wenn es momentan nicht von einigen blutverkrusteten Schrammen entstellt gewesen wäre.

Der junge Mann blickte ihn noch ein wenig schlaftrunken aus zwei braunen Augen an und sagte: „Da sind Sie ja wieder! Wie fühlen Sie sich?"

„Und wer sind Sie?", wollte der Alte mit schwacher Stimme wissen.

„Oh entschuldigen Sie!", sagte sein einziger Bettnachbar auf Zimmer 7. „Mein Name ist Ferdinand Stüber, aber alle nennen mich ‚Ferdi'!"

„Und wo sind alle anderen?", fragte der Alte und schien immer noch ein wenig orientierungslos.

„Ich weiß es nicht. Man hat mich eben erst nach dem Abendessen von den Zimmern der frisch operierten Patienten hierher verlegt. Da waren Sie der

Einzige, der sonst noch hier war, aber Sie haben fest geschlafen."

„Merkwürdig!", stammelte der Alte. „Gestern waren wir noch zu fünft und heute sind alle verschwunden!"

„Vielleicht sind sie entlassen worden?", mutmaßte Ferdi.

„Oder tot!", sagte der Alte wenig optimistisch. „Diesen Ort verlassen die Meisten in der Horizontalen!"

Ferdi stutzte ein wenig und sagte dann: „Ach so, Sie meinen wegen der vielen Kratzer und Schnitte in meinem Gesicht! – Nein, ich bin Bergmann und wurde vorgestern bei einem Unfall unter Tage verschüttet! Ich hatte noch Glück im Unglück, ein gebrochenes Bein, ein paar angebrochene Rippen und jede Menge Prellungen und Schürfwunden, aber drei meiner Kameraden sind durch den Steinschlag getötet worden!"

„Ein Bergmann!", wiederholte der Alte und seine Miene hellte sich auf. „So etwas ähnliches war ich früher auch mal ..."

„Das ist ja interessant!", stellte der junge Mann fest. „Wo denn, auch im Ruhrgebiet?"

„Nein, man könnte sagen: ‚international' ...", erwiderte der Alte.

Ferdinand schaute skeptisch und dachte sich: „Wo will der Großvater denn international unter Tage gearbeitet haben?" Er war zwar fast 50 Jahre jünger als sein Bettnachbar, aber da er sich bereits vorgestellt hatte, fand er es nur legitim nun auch den Namen seines Zimmergenossen zu erfahren und sagte:

11

„Und wie ist ihr Name, mein Herr?

„Mein Name ist Peter, ... Peter Kagenbusch", gab der Alte mit schwacher Stimme zur Antwort, dann fielen ihm seine Augen zu und er schlief wieder ein.

„Na das kann ja heiter werden!", sagte Ferdinand leise. Er hatte nur einen Zimmergenossen und der schlief die ganze Zeit. Weil er selbst ein gebrochenes Bein im Gipsverband hatte und nicht aufstehen durfte, standen ihm vermutlich die langweiligsten Tage seines Lebens bevor!

Ferdi war zwar eben, nachdem der Alte seinen Hustenanfall bekommen hatte, für ein paar Minuten eingenickt, aber da das Abendessen schon serviert worden war und von dem alten Mann neben ihm heute wohl eh nichts mehr zu erwarten war, beschloss er ebenfalls zu schlafen. Der Schlaf war doch angeblich ein elementarer Bestandteil bei der körperlichen Genesung!

## Die Nachtschwester

Nachtschwester Maria war am Ende ihrer Schicht angelangt. Die Nacht war glücklicherweise ziemlich ereignislos verlaufen. Sie hatte nur einem Patienten Schmerzmittel verabreichen und bei einem anderen das eingenässte Laken erneuern müssen.

Es war kurz vor 6 Uhr und gleich würde Schwester Hildegard für den Tagesdienst auf der Krankenstation erscheinen. Sie selbst konnte dann nach Hause gehen, um Frühstück für ihren Mann und ihre Kinder zuzubereiten. Erst nachdem Letztere auf dem

Schulweg waren, konnte sie endlich ihren verdienten Schlaf bekommen.

Die Nachtschichten fielen ihr von Jahr zu Jahr schwerer – ein Problem, dass fast alle Schichtarbeiter kannten! Früher, als sie Anfang dreißig war, war es für sie ein Leichtes gewesen. Sie hatte keine Probleme damit gehabt, dass sie tagsüber schlafen musste. Sie konnte sich morgens nach dem Dienst noch um ihre Kinder kümmern, bevor diese zur Schule mussten. Dann schlief sie vier Stunden, ging anschließend zum Einkaufen und kochte das Mittagessen. Wenn ihr Ehemann abends von seiner Arbeit wieder zu Hause war und sich um die Kinder kümmern konnte, legte Sie sich noch einmal für ein paar Stunden schlafen, bevor sie um 8 Uhr abends ihren Dienst antrat.

Auf mehr als sechs Stunden Schlaf pro Tag war sie nie gekommen. Jetzt war sie Anfang vierzig und nur sechs Stunden Schlaf bei zehn Stunden Arbeit als Nachtschwester plus Hausfrau und Mutter am Tage, wurden ihr langsam aber sicher zu wenig. Diesen Schlafmangel konnte sie auch an ihrem freien Sonntag nicht mehr aufholen. Zum Glück halfen ihre beiden Töchter im Alter von 12 und 14 Jahren inzwischen viel im Haushalt, sonst hätte sie es gar nicht mehr geschafft. Sie brauchte ihren Verdienst, um die Familie zu unterstützen, denn ihr Mann war nur ein einfacher Fabrikarbeiter, aber irgendetwas musste sich ändern, sonst würde sie über kurz oder lang nicht mehr die Nachtschwester im Krankenhaus sein, sondern eine Patientin!

Maria trug die übliche kurze Zusammenfassung in das dafür vorgesehene Buch im Schwesternzimmer

13

ein. Heute waren es nur ein paar Zeilen, da glücklicherweise nicht viel passiert war. Sie hatte sogar ein kurzes Nickerchen machen können. Das war natürlich strengstens verboten, aber was sollte sie machen, wenn die Müdigkeit sie übermannte. Nach so einem kurzen Schläfchen war sie wieder viel leistungsfähiger als vorher, der Schlaf kam also auch ihren Patienten zu Gute ...

„Guten Morgen, Maria!", wurde sie von ihrer Kollegin, Schwester Hildegard, begrüßt, die im Türrahmen stand.

„Guten Morgen, Hildegard!", erwiderte sie. „Ich habe Dich gar nicht kommen gehört, weil ich so in meine Aufzeichnungen vertieft war", entschuldigte sie sich.

„Gab es etwas besonderes?", wollte Schwester Hildegard vor ihrem Dienstantritt wissen.

„Nein, die Nacht verlief ziemlich ruhig – Gott sei Dank!", erwiderte Maria.

„Auch auf Zimmer 7? – Da hat der alte Kagenbusch gestern Abend Blut gehustet!", sagte Hildegard.

„Ja, auch auf Zimmer 7. Ich bin während der Nacht ein paar mal dort gewesen. Beide Patienten schliefen ruhig", erstattete Maria ihrer Kollegin Bericht.

„Gut!", freute sich Hildegard. „Ich fange mal so langsam an, das Frühstück zu verteilen. In einer Stunde kommt Schwester Franziska, dann kümmern wir uns um die Morgentoilette der Patienten", schilderte sie ihrer Kollegin den Ablauf der nächsten beiden Stunden. Warum sie das tat, wusste sie im Moment auch nicht, denn da im Krankenhaus im Prinzip jeder Morgen gleich ablief, kannte auch Schwester Maria diese Routine!

Die Turmuhr der nahe gelegenen St. Barbara Kirche schlug 6 Uhr.

„Es wird Zeit für mich, liebe Hildegard. Ich muss zu Hause die Wölfe wecken und anschließend füttern, sonst beißen sie vor lauter Hunger vielleicht noch ihrem Lehrer eine Hand ab! Ich wünsche Dir einen guten Arbeitstag!", sagte Schwester Maria und verabschiedete sich von ihrer Kollegin.

„Dir auch einen schönen Tag, Maria", sagte Hildegard, während sie das erste Tablett mit dem aus der Küche angelieferten Frühstück von dem im Flur stehenden Rollwagen nahm, um auch „ihre Wölfe" zu füttern.

## Ein Kreuzweg mit mehr als 14 Stationen

Die beiden Patienten auf Zimmer 7 hatten ihr Frühstück eingenommen und die Morgentoilette absolviert. Der alte Mann konnte mit Hilfe einer Krankenschwester, die ihn stützte, noch selbständig die Toilette auf dem Flur aufsuchen. Für seinen jungen Bettnachbarn war das leider im Moment nicht möglich. Zum einen machten sich seine angebrochenen Rippen bei jeder Bewegung bemerkbar, zum anderen war sein Bein gebrochen und eingegipst und der Arzt hatte ihm gesagt, dass es mindestens noch eine Woche dauern würde, bis er damit beginnen könne an Krücken zu laufen.

15

Somit blieb nur die Bettpfanne als Ausweg. Das war nicht nur umständlich, sondern roch natürlich auch anschließend im Krankenzimmer entsprechend, und außerdem musste er sich dazu „unten herum" entblößen und das war nicht nur für ihn unangenehm, sondern auch für die Krankenschwestern. Zum Glück wurden auf der Männerstation nur solche eingesetzt, die nicht Mitglied des christlichen Ordens waren, der das städtische Krankenhaus leitete.

Nun ja, was sollte er machen, dachte sich Ferdi. Die kommenden Tage musste es halt so gehen, dann war er hoffentlich wieder in der Lage „sein Geschäft" selbständig und nicht vor den Augen fremder Frauen zu verrichten. Für heute Morgen hatte er es jedenfalls gut hinter sich gebracht!

Ferdi blickte seinen Nachbarn an, der ein kleines Büchlein aus dem Nachtschrank genommen hatte und einen kleinen Bleistift in der anderen Hand hielt. Das Buch hatte zwar ein kleines Format, war aber trotzdem relativ dick, denn es waren viele lose Blätter zwischen die Buchseiten gesteckt worden.

„Was ist das für ein Buch, Herr Kagenbusch?", fragte Ferdi neugierig.

„Nun, vor ein paar Jahren habe ich damit begonnen, mein Leben Revue passieren zu lassen und habe mir all die Orte, an denen ich war, sowie die sich dort abspielenden Geschehnisse notiert, damit es nicht in Vergessenheit gerät."

„Und die losen Blätter, die aus dem Buch rausschauen?", fragte Ferdinand.

„Du bist ein aufmerksamer Beobachter, mein Junge!", stellte der Alte fest. „Die losen Blätter sind

16

Dokumente oder Zeitungsausschnitte, die für mich wichtig waren und sind. Die hatte ich glücklicherweise schon früher gesammelt oder ausgeschnitten und habe sie später, als ich mit dem Schreiben des Buches begann, an die passenden Stellen eingefügt."

„Das war sehr schlau von Ihnen", sagte Ferdi.

„Das stimmt, sonst hätte ich mir meine gesammelten Sünden gar nicht alle merken können!", erwiderte Kagenbusch ironisch.

„Sind es denn viele Sünden?", wollte Ferdi wissen.

„Zu viele. Wenn ich jede einzelne hätte notieren wollen dann wäre vermutlich zu wenig Platz in diesem kleinen Buch gewesen!", sagte der Alte.

„Na, na! So schlimm wird es doch nicht sein?", meinte sein Bettnachbar.

„Ach Ferdi, ich bin kein guter Mensch gewesen. Ich habe in meinem Leben sehr viele Fehler gemacht und noch mehr Leuten wehgetan!", sagte Peter Kagenbusch traurig.

„Und warum haben Sie diese ganzen Sünden dann aufgeschrieben?", wollte Ferdi wissen.

„Vielleicht als so eine Art Beichte oder Kreuzweg, nur dass mein Kreuzweg leider wesentlich mehr als die üblichen 14 Stationen enthält!", sagte Kagenbusch.

„Und wer soll ihre Sünden einmal lesen? Ich meine, wem wollen Sie das Büchlein geben? Einem Pfarrer vielleicht?", fragte Ferdi neugierig.

„Das ist es ja! – Es gibt niemanden!", lautete die bittere Antwort des alten Mannes.

17

„Was heißt: Es gibt niemanden?", meinte Ferdi ungläubig. „Sie haben doch sicherlich eine Ehefrau und Kinder oder andere Verwandte und Freunde! – Niemand hat Niemanden!", war sich Ferdi sicher.

„Ach mein junger Freund", sagte Kagenbusch, „was weißt Du schon vom Leben? Wenn Du erst einmal so alt bist wie ich, dann wirst Du wissen, was das Schicksal einem in seinem Leben so alles an Problemen aufbürden kann. Weißt Du, im Leben der meisten Menschen gibt es einen großen Sack, auf dem in roten Lettern ihr Name gestickt ist. Dieser Sack ist gefüllt mit Knüppeln, die einem der große Meister da oben im Himmel ständig zwischen die Beine wirft. Und egal wie viele Knüppel Du schon abbekommen hast und egal wie oft Du Dich nach einem Sturz wieder aufgerappelt hast – dieser Sack wird niemals leer! Das heißt, dass es immer noch einen und noch einen und noch einen Knüppel gibt, den der Herrgott aus Deinem persönlichen Sack zieht und Dir abermals zwischen die Beine schmeißt – das hört niemals auf! Niemals! Du bist noch jung, hast vermutlich Eltern, Geschwister und viele Freunde, aber glaube mir: in einigen Jahrzehnten wirst Du Dich an dieses Gespräch erinnern und zugeben müssen, dass der alte Kagenbusch recht hatte!"

Ferdinand hatte es die Stimme verschlagen. Er wusste nicht, ob er jemals einem Menschen begegnet war, der so enttäuscht und ohne jegliche Hoffnung auf ihn gewirkt hatte! Der Alte tat ihm leid.

„Sie haben also wirklich niemanden mehr?", fragte Ferdi zaghaft nach.

18

„Nein! Versteh' mich nicht falsch, Ferdi, daran bin ich am allermeisten selbst schuld, aber so ist es nun einmal. Keiner kommt mich hier besuchen – es weiß auch niemand, dass ich hier liege, denn zu meiner Familie habe ich seit Jahrzehnten keinen Kontakt mehr. Selbst wenn noch eines meiner Geschwister oder Nichten und Neffen am Leben sein sollte, so ist es jetzt zu spät – keiner wird nach Jahrzehnten der Stille noch etwas mit mir zu tun haben wollen!", war Peter Kagenbusch sich sicher.

„Woher wollen Sie das wissen?", gab sich Ferdi kämpferisch.

„Weil ich ein schlechter Mensch bin! Ich war schon immer das schwarze Schaf in unserer Familie. Einer der immer hinaus in die weite Welt wollte, der etwas besseres sein wollte, der dem Kleinstadtmief entfliehen wollte. Dieser Hochmut hat mich abstürzen lassen, so wie einstmals den Ikarus."

„Wer ist Ikarus?", fragte Ferdi.

„Eine Figur aus der griechischen Mythologie", sagte der Alte. „Ikarus war ein Junge, der unbedingt fliegen wollte, so wie die Vögel – man könnte sagen, er wollte ‚hoch hinaus'. Sein Vater, der Dädalus hieß, hat ihm und sich ein paar Flügel aus Vogelfedern gebaut, die er mit Wachs zusammengeklebt hat. Die Flügel haben funktioniert und beide erhoben sich vom Erdboden und konnten fliegen. Aber Ikarus wollte wie gesagt ‚hoch hinaus'. Er flog höher und immer höher. Sein Vater warnte ihn, er solle nicht zu hoch steigen, aber sein Sohn ignorierte alle Warnungen. Schließlich war er so hoch oben in der Luft, dass er der Sonne zu nahe kam. Die Sonne schmolz das Wachs, das die Federn zusammenhielt und Ikarus stürzte in den Tod!"

„Das ist aber eine traurige Geschichte!", stellte Ferdi fest.

„Ja, sie trifft ganz gut auf mich und mein Leben zu", antwortete Peter Kagenbusch. „Auch ich wollte zu hoch hinaus, wollte mehr sein als andere und bin letztendlich abgestürzt und heute mutterseelenallein!"

„Das heißt, Sie haben niemanden, dem Sie ihre niedergeschriebene Geschichte geben könnten?", fragte Ferdi.

„So ist es", antwortete ihm sein Bettnachbar. „Es ist auch keine Geschichte, die man einfach so lesen könnte wie einen Roman. Ich habe lediglich versucht, mich aller Stationen meines Lebens zu erinnern und habe diese notiert. Anhand dieser Stichpunkte könnte ich meine Geschichte erzählen, aber einfach nur ablesen kann man es nicht."

„Dann erzählen Sie Ihre Geschichte doch mir!", schlug Ferdi vor.

„Wie meinst Du das?", fragte Peter Kagenbusch.

„Nun ja, wir liegen beide hier nebeneinander und sind mehr oder weniger die nächsten Tage ans Bett gefesselt. Sie haben gesagt, dass Sie niemanden haben, dem Sie die Geschichte erzählen könnten. Das stimmt nicht, denn ich bin hier, mir ist langweilig und ich würde mir Ihre Lebensgeschichte gerne anhören!", sagte Ferdi.

Peter Kagenbusch überlegte einen Moment und entgegnete dann: „Wie gesagt, es ist keine schöne Geschichte, denn ich bin kein guter Mensch gewesen. Du würdest vieles zu hören bekommen, das unschön ist! Am Ende würdest Du mich vermutlich hassen und bereuen, dass Du mir dieses Angebot gemacht hast!"

„Das stört mich nicht!", sagte Ferdi. „Wenn ich Ihnen damit einen Gefallen tun kann, dann nehme ich das Negative gerne auf mich. Außerdem könnte mich das von meiner Langeweile ablenken!"

„In Ordnung!", sagte der Alte. „Unter zwei Bedingungen: Erstens Du gibst meine persönlichen Lebensdaten nach meinem Tod an die Leitung des Krankenhauses, damit sie die richtigen Informationen für meinen Sterbeakt an das Standesamt weitergeben können. Ich habe in meinem Leben genug gelogen, in den letzten paar Tagen, die mir auf Gottes Erde bleiben, will ich ehrlich sein! Ich möchte nicht, dass in meinem Sterbeakt lediglich mein Name korrekt ist, aber niemand weiß, wo und wann ich geboren wurde und wer meine Eltern waren. Wenigstens soviel soll von mir der Nachwelt erhalten bleiben!"

„Das mache ich natürlich!", versprach Ferdi.

„Und zweitens, möchte ich, dass Du dieses Buch nach meinem Tod erhältst. Vielleicht blätterst Du ab und zu mal darin und dann würde sich wenigstens ein Mensch auf dem großen weiten Erdenrund an mich über das Jahr 1888 hinaus erinnern!", sagte der alte Mann und eine Träne lief über seine Wange.

„Versprochen!", sagte sein junger Bettnachbar.
Peter Kagenbusch nickte.

„Lass mich einen kleinen Moment verschnaufen, Ferdi, dann geht es los", sagte er.

## Vor der Visite

Dr. Koch schaute aus dem Fenster seines Untersuchungszimmers im städtischen Krankenhaus. Es war angenehm sonnig und warm am heutigen Tag, dem letzten im Juli. Er hatte ein Fenster geöffnet, um die noch angenehm frische Luft des Sommertages in sein Zimmer zu lassen. Wenn man sich die Bäume in dem kleinen, zum Krankenhaus gehörenden Park ansah, die voll von überbordendem Blattwerk waren und jede Menge Vögel beherbergten, deren Gezwitscher zwar nicht aufeinander abgestimmt war, aber dennoch weit weniger disharmonisch wirkte als ein Symphonieorchester, das sich am einspielen war, so schien es vollkommen abwegig, dass ein so schöner Tag auch Tod und Leid bringen könnte! Aber dennoch war es so, das wusste er als Arzt am besten. Es gab einige Patienten im Krankenhaus, die mit dem Tod rangen. Auch der alte Mann auf Zimmer 7 machte ihm Sorgen. Jedesmal, wenn er dessen Lunge mit dem Stethoskop abhörte, konnte er den Wagen von „Gevatter Tod" hören, den vier klapprige Rösser zogen, die sich kaum noch auf den Beinen halten konnten. Er hatte das schon oft erlebt, vor allem bei Bergleuten, die über Jahrzehnte hin Staub von Kohle oder anderen Gesteinen eingeatmet hatten, der letztendlich ihr Lungengewebe zerstörte. Eine solche Lunge sah bei einer Obduktion furchtbar aus, beinahe so schlimm wie die eines starken Rauchers! In den letzten Jahren hatte er aber immer mehr solcher Fälle bei Arbeitern in der Chemischen Industrie gesehen. Diese atmeten seiner Meinung nach während ihrer Arbeit ebenfalls jede Menge schädlicher Substanzen ein und die schienen ihm zum Teil sogar noch gefährlicher zu sein als die Stäube unter Tage, weil sie ihr tödliches Werk noch schneller vollendeten.

Nun ja, so war nun einmal der Lauf der Zeit. Der Alte auf Zimmer 7 war immerhin schon über 70 Jahre alt und das war mehr als doppelt so alt wie bei vielen anderen Patienten, die Dr. Koch im Laufe seines Berufslebens kennengelernt und sterben gesehen hatte!

Er schloss das Fenster und verließ sein Zimmer – es war Zeit für die Visite.


# Stiepel

Peter Kagenbusch setzte seine Lesebrille auf und sah seinen jungen Zimmergenossen an und sagte:

„Nun mein lieber Stüber, wenn Sie wirklich an meiner Lebensgeschichte interessiert sind, dann können wir beginnen."

„Ja, bitte", signalisierte Ferdi seine Zustimmung.

„Nun, mein Name ist Peter Kagenbusch, ich wurde am 4. September 1816 in Stiepel als Sohn von Johann Georg – oder Johann Jürgen – Kagenbusch und Catharina Maria Pagenbruch genannt Dunker geboren. Getauft wurde ich am 13. September auf die beiden Vornamen ‚Johann Peter', wobei ich selbst fast ausschließlich ‚Peter' verwende. Mein Vater war Weber von Stand."

„Stiepel ist ihr Geburtsort, sagten Sie?", fragte Ferdi. „Liegt das nicht bei Bochum?"

„Ja, südlich davon. Stiepel gehört zum Amt Blankenstein, das bis 1886 zum Kreis Bochum gehörte und seitdem zum Kreis Hattingen", ergänzte der Alte.

„Das sind ja nur ungefähr 20 Kilometer Luftlinie von dort bis hier nach Hagen! Und Sie haben wirklich keine Verwandten mehr hier in der Gegend?", wunderte sich Ferdi.

„Wie ich sagte, ich habe seit Jahrzehnten keinen Kontakt mehr zu ihnen", lautete die nüchterne Antwort Kagenbuschs.

„Meine Kindheit verlief so, wie die von tausenden anderen Kindern auch, würde ich sagen. Ich hatte noch zwei Brüder und drei Schwestern, zwei davon jünger als ich. Da mein Vater insgesamt acht hungrige Mäuler zu stopfen hatte, war das Geld immer knapp und wir konnten uns nie etwas leisten. Wenn ich mich recht entsinne, war echter Bohnenkaffee zu Weihnachten eine der wenigen Ausnahmen während meiner Kindheit. Ich besuchte die Volksschule und ergriff mit 14 den Beruf des Färbers. Nicht, dass dies mein sehnlichster Wunsch gewesen wäre, aber von allem, was mein Vater mir vorschlug, da er einige Handwerksmeister kannte, die zu diesem Zeitpunkt einen Lehrling suchten, war Färber noch das, was mich am ehesten interessierte. Auf diese Weise kam ich mit Farben und als deren Basis auch mit Mineralien und Gesteinen in Kontakt. Ich quälte mich durch meine Lehrzeit und erinnere mich, dass ich schon damals in die große weite Welt hinauswollte, um dem Mief der Kleinstadt zu entgehen."

„Das dürfte aber als einfacher Färber nicht so ganz leicht gewesen sein, oder?", erkundigte sich Ferdi.

„Nein, natürlich nicht!", antwortete ihm der Alte. „Erst einmal habe ich ein paar Jahre als Färber und Drucker gearbeitet, um mir etwas Geld zusammenzusparen. Ich besaß keine besondere Schulausbildung und mir war klar, dass ich ohne entsprechende Fachkenntnis nirgendwo anklopfen brauchte, wenn es um eine gute Stelle ging – schon gar nicht im Ausland."

„Und wie haben Sie es dann trotzdem geschafft?", war Ferdi neugierig.

„Nun über mein Interesse an Mineralien und Gesteinen kam ich zum Bergbau, der damals überall in der Gegend am Aufblühen war. Ich verschlang alle Informationen, derer ich habhaft werden konnte. Abends hing ich in den einschlägigen Kneipen herum und befragte die Kumpel nach ihren Erfahrungen in den Erz- und Kohlegruben. Insbesondere technische Verfahren und neue Errungenschaften auf dem Gebiet der Erzverarbeitung interessierten mich. Wenn ich mit den richtigen Leuten sprach, konnte ich an einem Abend mehr lernen, als aus irgendeinem veralteten Fachbuch in der Bibliothek", sagte Peter Kagenbusch.

„Waren diese Kenntnisse das Einzige, was sie benötigt haben, um aus dem – wie Sie sagten – ,Kleinstadtmief' heraus zu kommen?", wollte Ferdi wissen.

25

„Nein, das war nur der erste Schritt, der zweite und viel schwierigere war die Sprache!", entgegnete ihm der Alte.

„Welche Sprache meinen Sie?". Ferdi wusste gerade nicht, worauf der Alte raus wollte.

„Na, Englisch!", sagte Kagenbusch.

„Wieso denn Englisch?", fragte sein junger Mitpatient.

„Ganz einfach!", meinte Kagenbusch. „Während meiner vielen abendlichen Gespräche mit den Bergmännern traf ich auch einige, die selbst in Bergwerken auf der britischen Insel – hauptsächlich in England oder Wales – gearbeitet hatten. Alle erzählten eigentlich das Gleiche, nämlich dass sowohl die Methoden wie das Gestein abgebaut als auch wie es weiterverarbeitet würde, vorsintflutlich seien. Während in Preußen – also beispielsweise im Ruhrgebiet – der technische Fortschritt und eine damit einhergehende verbesserte Sicherheit für die Kumpel und eine größere Rentabilität für die Minenbetreiber auf dem Vormarsch waren, wurden in England und Wales immer noch Methoden aus dem 18. Jahrhundert und jede Menge billiger Arbeiter genutzt. Daher dachte ich, dass meine Kenntnisse von technisch fortschrittlichen Abbau- und Verarbeitungsmethoden genau in diesen beiden Ländern den größten Nutzen haben müssten!"

„Aber dazu mussten Sie Englisch sprechen ...", dämmerte es Ferdi.

„Gut erkannt, mein Junge!", lobte ihn Kagenbusch.

26

„Und wie sind Sie an einen Englischlehrer herangekommen?", wollte Ferdi wissen.

„Das war nicht so einfach!", gab der Alte zu.

„Nun ich habe mich natürlich zuerst in der Bibliothek nach Lehrbüchern umgeschaut, aber sehr schnell festgestellt, dass die einem nichts nützen, wenn man nicht weiß, wie die Worte ausgesprochen und betont werden. Wenn man sie so aussprechen würde, wie man sie auf Deutsch liest, dann versteht einen natürlich kein Engländer!", sagte Kagenbusch.

„Wie konnten Sie das Problem lösen?", war Ferdi neugierig.

„Zunächst mit denen, die ich kannte, also den Bergmännern, die früher in Wales oder England gearbeitet hatten. Ein paar von ihnen sprachen ganz passabel Englisch, andere wiederum so schlecht, dass sie meine Aussprache verdorben hätten, wenn ich weiterhin mit ihnen gesprochen hätte", gab der Alte zu.

„Und die paar Kumpels in den Kneipen haben Ihnen ausgereicht, um Englisch zu lernen?", fragte Ferdi ungläubig.

„Natürlich nicht!", erwiderte sein Bettnachbar. „Meine Rettung war unser Pfarrer."

„Wieso das?", fragte Ferdi.

„Nun, der hatte irgendwie erfahren, dass ich mich für Englisch interessierte – was mein Vater übrigens als reine Zeitverschwendung ansah. Der Pfarrer hatte einen Onkel, der mehrere Jahrzehnte in England für eine protestantische Kirche gearbeitet hatte und nun im Ruhestand war. Unser Pfarrer hat ihn gefragt, ob er Interesse an einem wissbegierigen Schü-

27

ler habe und hat den Kontakt zwischen uns hergestellt", erzählte Kagenbusch.

Er trank einen Schluck Tee und fuhr fort: „Ich habe den Onkel dreimal die Woche für jeweils zwei Stunden besucht."

„Da waren Sie aber eifrig!", staunte Ferdi.

„Ja natürlich! Ich wollte doch endlich weg von zu Hause, also wollte ich möglichst schnell Englisch lernen! Nach einem Dreivierteljahr meinte der alte Pfarrer, dass ich nun gut genug spräche, um mein Glück auf der Insel zu versuchen."

„Und wann sind Sie losgezogen?", war Ferdi schon ganz gespannt.

„Immer der Reihe nach", sagte Kagenbusch und schaute in sein Büchlein. „1839 habe ich in Wetter an der Ruhr gelebt und gearbeitet. Damals kaufte ich von der Firma Rupe insgesamt 128 Kuxe."

„Was wollten Sie denn mit so vielen Anteilen an einer bergrechtlichen Gewerkschaft", wunderte sich der junge Bergmann.

„Nun, ich habe die Kuxe als Geldanlage betrachtet. Letztendlich hat mein Plan funktioniert und ich konnte bereits nach ein paar Monaten einige Anteil gewinnbringend weiterverkaufen – beispielsweise an den Grafen von der Recke in Volmarstein."

Die Tür des Krankenzimmers öffnete sich und Schwester Hildegard kam herein. Sie brachte einen warmen Tee für den Alten mit.

„Herr Kagenbusch, ich habe einen warmen Tee für Sie. Den trinken Sie jetzt bitte schön, so lange er noch warm ist und anschließend ruhen Sie sich erst einmal eine Weile aus – Sie sehen ziemlich müde aus!"

Der Alte erkannte, dass Widerstand hier zwecklos war. Er legte Buch und Brille zu Seite und trank ein paar kleine Schlucke von dem Tee. Dieser war noch zu heiß, um die Tasse ganz zu leeren, also stellte er diese auf seinen Nachttisch, um den Tee abkühlen zu lassen. Bevor er nochmals nach der Tasse greifen konnte, hatte ihn die Müdigkeit bereits übermannt und er war eingeschlafen.

## Während der Visite

Inzwischen hatte Dr. Koch auf seiner Visite zusammen mit Schwester Hildegard Krankenzimmer Nummer 7 erreicht. Beide betraten das Zimmer. Die zwei einzigen Patienten, die hier momentan untergebracht waren, lagen in ihren Betten. Ferdinand, der junge Mann, war als einziger wach.

Oberarzt und Schwester traten zwischen die Betten der beiden Patienten.

„Er ist gerade wieder eingeschlafen", sagte Ferdi leise und deutete auf seinen Zimmergenossen.

„Dann lassen wir ihn auch schlafen", sagte Dr. Koch, „er kann es sicherlich gebrauchen!"

„Nun zu Ihnen, junger Mann, wie geht es Ihnen heute morgen?", wollte der Arzt wissen.

„Danke, schon ganz gut. Ich fühle mich viel besser als gestern, und beim Atmen und wenn ich mich bewege tun meine Rippen nicht mehr so ganz so weh", gab Ferdinand zur Antwort.

„Das ist gut!", erwiderte Dr. Koch. „Es wird von Tag zu Tag besser werden und wenn die Schmerzen im Brustkorb nachgelassen haben, können Sie versuchen, ein wenig auf Krücken zu laufen. Nur im Bett zu liegen ist auf Dauer nicht gut! Sie sind ja jung und kräftig, die Bewegung wird Ihnen guttun und auch die Heilung beschleunigen. Aber die nächsten paar Tage müssen Sie noch etwas Geduld haben und abwarten!", schärfte ihm der Oberarzt mit Zeigefinger ein.

„Das geht schon, Herr Doktor", antwortete ihm Ferdi. „Herr Kagenbusch hat damit begonnen, mir seine Lebensgeschichte zu erzählen. Die ist ziemlich spannend und vertreibt uns beiden die Langeweile!"

„Sehr schön!", meinte Dr. Koch und an Schwester Hildegard gerichtet fügte er hinzu: „Aber sehen Sie zu, dass der Alte nicht stundenlang erzählt, das ist nicht gut für seine kaputte Lunge!"

„Ich werde darauf achten, Dr. Koch!", versprach die Krankenschwester.

„Nun gut, dann sind wir auf Zimmer 7 für heute wohl fertig mit unserer Visite!", konstatierte der Arzt, wünschte Ferdi einen guten Tag und verließ mit Schwester Hildegard wieder das Zimmer.


## Die Reise ins ‚gelobte Land'

Peter Kagenbusch hatte eine knappe Stunde geschlafen und fühlte sich etwas erholt. Er trank sei-

30

nen Tee und merkte, dass dies Hals und Lunge gut tat.

Ferdi hatte ihn die ganze Zeit über – abgesehen von der Visite – angeschaut, wollte ihn aber nicht drängen, denn er wusste, das der Alte nicht mehr viel Kraft hatte.

Kagenbusch zog seine Lesebrille an und nahm sein Buch zur Hand. „Wo waren wir stehen geblieben?", fragte er.

„Dabei, wann Sie Ihren Plan, nach England zu fahren, endlich in die Tat umgesetzt haben!", sagte Ferdi und konnte dabei seine Ungeduld nicht verbergen.

„Ich erinnere mich noch gut an meine erste Überfahrt nach England", begann Kagenbusch. „Einen Monat zuvor war ich 25 geworden, also ungefähr in Deinem jetzigen Alter. Es war Ende Oktober als ich die Fähre von Ostende nahm. Tags zuvor war noch bestes Wetter gewesen, aber wir erlebten bei unserer Überfahrt einen ganz schönen Herbststurm! Ich habe zu Beginn der Fahrt mit meinem Kopf die meiste Zeit über der Reling gehangen und mich erleichtert. Nachdem mein Magen leer war, wurde es etwas besser, aber ich musste die ganze restliche Fahrt über stehen – sobald ich mich hinsetzte wurde ich sofort wieder seekrank!"

„Oje, Sie Ärmster. Aber für mich wäre das auch nichts gewesen!", war Ferdi sich sicher.

„Wir erreichten am 24. Oktober 1841 glücklich den Hafen von London. Dort musste ich mich als Ausländer in eine Liste eintragen, weil die britische Regierung natürlich wissen wollte, wer sich bei ihr im

Lande aufhält. Ich weiß noch, dass ich als Beruf ‚Händler' – auf Englisch ‚merchant' – eintrug und dann unterschrieb."

„Ich wundere mich, dass Sie sich nach beinahe 50 Jahren noch so genau daran erinnern!", meinte Ferdi.

„Nun, wie gesagt, für mich war es der Aufbruch in die ‚große, weite Welt', das vergisst man nicht!", hing der Alte seinen Erinnerungen nach.

„Wie konnten Sie in England Fuß fassen?", fragte Ferdinand. „Das war doch sicherlich nicht einfach."

„Nein, ganz und gar nicht", stimmte Kagenbusch ihm zu. „Mein Englisch war noch nicht so gut, ich kannte mich im Land nicht aus und vor Ort natürlich keine Menschenseele!"

„Sind Sie dann in London geblieben oder wo haben Sie ihr Abenteuer gestartet?", fragte Ferdi voller Interesse.

„Um Gottes Willen, Ferdi!", rief Kagenbusch beinahe aus. „London hatte damals bereits über 2 Millionen Einwohner! In diesem riesigen Ameisenhaufen wäre ich untergegangen! Nein, die Rettung kam wieder vom Onkel meines Heimatpfarrers. Er hat mich nach Whitby, seine alte an der Nordseeküste gelegene Pfarrgemeinde vermittelt. Das liegt in Yorkshire und dort habe ich mich zu Beginn niedergelassen. Der Nachfolger vom ‚Onkelchen' hat mich unter seinen Fittiche genommen und mir eine Bleibe und eine Arbeitsstätte besorgt."

„Es ist immer gut, Beziehungen zu haben!", pflichtete Ferdi ihm bei.

„Ende Mai 1842 erhielt ich dann mein erstes Patent, merkwürdigerweise in Schottland, denn dort war das Prozedere einfacher als in England. Ich kann heute noch den Text des Patents – auf Deutsch, meine ich – aufsagen, so stolz war ich:

*Peter Kagenbusch aus Wetter an der Ruhr in Westfalen, Königreich Preußen, Färber, jetzt wohnhaft in Lythe in der Grafschaft York, erhält ein Patent für bestimmte Verbesserungen bei der Behandlung von Alaungestein oder Schiefer sowie bei der Herstellung und Anwendung der daraus gewonnenen Produkte.*"

„Das hört sich für einen Laien wie mich ziemlich unverständlich an!", tat Ferdi ehrlich seine Meinung kund.

„Das war ja auch das Ziel mein Lieber – aber dazu später mehr", sagte Kagenbusch zweideutig. „Rund ein Jahr, nachdem ich das erste Mal in England war, habe ich meine Zelte in Preußen endgültig abgebrochen. Im November 1842 wurde mein erstes englisches Patent, dass ich bereits ein halbes Jahr zuvor erhalten hatte, offiziell registriert. Kurz zuvor war ich von Whitby aus in den Nachbarort Sandsend umgezogen."

„Worum ging es in diesem Patent?", wollte Ferdi wissen.

„Um eine Verbesserung beim Färben von Wolle, Wollstoffen, Baumwolle, Seide und anderen Stoffen und Materialien", lautete Kagenbuschs Antwort.

„Also waren Sie weiterhin als Färber im Geschäft?", fragte Ferdinand.

„Exakt!", antwortete ihm der Alte.

„Wenn ich ehrlich sein soll", begann Ferdi, „– und ehrlich wollten wir beide ja in den nächsten Tagen zueinander sein – so finde ich den Text des zweiten Patents genauso schwammig und nichtssagend formuliert wie den des ersten!"

„Gut aufgepasst, mein Lieber!", war Kagenbusch überrascht. „Das hätte ich einem einfachen Bergmann gar nicht zugetraut!"

„Ich habe nicht gesagt, dass ich nur ein einfacher Bergmann bin!", antwortete Ferdi.

„Sondern?", fragte der Alte ein wenig perplex.

„Ich bin Untersteiger und nebenbei mache ich mit Unterstützung der Bergwerksgesellschaft noch eine Ausbildung zum Grubeningenieur", antwortete Ferdi.

„Nun haben Sie mich aber in Erstaunen versetzt, junger Mann!", gab Kagenbusch ehrlich zu. „Aber für die weitere Erzählung ist es in jedem Fall besser, einen intelligenten Gesprächspartner zu haben."

„Werter Herr Kagenbusch, wir waren bei der Frage stehen geblieben, warum die beiden Patente so unspezifisch formuliert waren?", ließ Ferdi nicht locker.

„Ich habe Dir ja zu Beginn meiner Ausführungen bereits erzählt, dass ich kein guter Mensch war, lieber Ferdinand. Damals in England begann ich mit dem, was ich in meinem Leben am besten konnte: betrügen und schwindeln. Ich merkte, dass ich überzeugend auf Leute wirkte, dass man mir meine Schilderungen von technischen oder chemischen Sachverhalten abkaufte. Selbst wenn ich auf jemanden traf, der sich halbwegs auf dem Gebiet der Chemie oder des Grubenbaus auskannte, so stellte ich fest, dass ich lediglich ein paar ‚neue Erkenntnisse‘ einbauen und diese nur konsequent und überzeugend genug präsentieren musste, um auch die letzten Zweifel zu beseitigen. Indem ich die Patente möglichst unspezifisch formulierte, konnte ich sie so weit wie möglich an meine jeweiligen Bedürfnisse anpassen, wenn ich mit möglichen Geschäftspartnern über die Anwendung meiner Patente ins Gespräch kam!"

„Das war ein geschickter Schachzug!", musste Ferdi zugeben. „Waren Ihre Unternehmungen denn vom Erfolg gekrönt?"

„Um ehrlich zu sein, habe ich den anfänglichen Erfolg genossen und das Geld schneller ausgegeben als neues reinkam! Ich habe dann verschiedene deutsche Wechsel ausgestellt und zwei Jahre später entschied das Berggericht Bochum auf eine Zwangsversteigerung der restlichen mir zugehörigen Bergwerksanteile in Wetter an der Ruhr."

„War damit das Abenteuer England nach drei Jahren für Sie schon wieder erledigt?", fühlte Ferdinand vorsichtig vor.

„Ach was", sagte der Alte beinahe euphorisch, „jetzt ging es erst richtig los!"

„Inwiefern?", fragte Ferdi.

„Nun ich war ja so schlau gewesen und hatte meine Schulden nur in Preußen auflaufen lassen – in England war ich diesbezüglich ein völlig unbeschriebenes Blatt! Das habe ich mir zu Nutze gemacht und die britische Staatsbürgerschaft beantragt", sagte Peter Kagenbusch.

„Ist es die Möglichkeit!", sagte Ferdi. „Sie flunkern mich doch nicht etwa an, mein Bester?"

„Keineswegs, junger Mann!", erwiderte der Alte.

„Ich bekam meine Einbürgerungsurkunde am 11. Juni 1846 verliehen, in der man mir alle Rechte und Befugnisse eines gebürtigen britischen Staatsbürgers gewährte, mit Ausnahme der Befugnis, Mitglied des Kronrats oder eines der beiden Häuser des Parlaments zu sein!", sagte Kagenbusch. „Damals wohnte ich noch immer in der Grafschaft York, war aber in die Stadt nach Leeds gezogen, weil ich dort bessere geschäftliche Möglichkeiten vorfand."

„Donnerwetter! Besitzen Sie diese Urkunde noch immer?", fragte Ferdi voller Bewunderung.

„Natürlich! Sie ist eines der Dokumente, die in meinem Büchlein stecken", sagte der Alte. Er nahm ein Blatt aus dem Buch, welches zusammengefaltet war und reichte es seinem Bettnachbarn. „Bitte schön!"

„Vielen Dank!", sagte Ferdinand, „So etwas habe ich noch nie zu Gesicht bekommen."

Er besah sich das Dokument, das in schöner, schwungvoller Schrift und mit einigen Schnörkeln geschrieben war. Da es auf Englisch war verstand Ferdinand es nicht, konnte aber sehen, dass es am Ende die Unterschrift ‚Peter Kagenbusch' trug.

Er faltete die Urkunde wieder zusammen und gab sie seinem Bettnachbarn zurück.

Dieser bedankte sich, steckte das Dokument zurück in sein Buch und sagte: „Ich merke, dass ich mich ein wenig ausruhen muss. Es strengt mich an, soviel zu sprechen."

Er legte Brille und Buch beiseite und ließ seinen Kopf erschöpft ins Kissen sinken. Nur Augenblicke später war er bereits eingeschlafen.

„Schön!", dachte Ferdinand, „Kaum hat der Alte zu erzählen begonnen, schon ist er wieder müde! So wird es schwierig werden, meine Langeweile zu vertreiben!"

## Nach der Visite

Dr. Koch und Schwester Hildegard hatten ihre heutige Visite abgeschlossen und befanden sich im Schwesternzimmer.

„Der alte Kagenbusch auf Zimmer 7 sah doch heute morgen gar nicht so schlecht aus, oder Dr. Koch?", fragte sie ihren Chef.

„Das täuscht nur, glauben Sie mir!", lautete seine Antwort. „Nach allem, was ich von seinem gestrigen Bluthusten gesehen habe und wie sich seine Lunge gerade eben im Stethoskop anhörte, sagt mir meine Erfahrung, dass er nicht mehr lange zu leben hat. Es kann durchaus sein, dass er zwischendurch mal einen guten Tag hat, an dem ihn sein Husten nicht quält, aber glauben Sie mir, die Intervalle zwischen diesen Ausbrüchen werden immer kürzer werden. Wenn er Glück hat, macht sein Herz als erstes schlapp und er verstirbt an einem Infarkt."

„Und wenn nicht?", fragte Schwester Hildegard ein wenig ängstlich nach.

„Dann wird er innerlich verbluten, weil das ganze Gewebe und die Gefäße zerstört sind und das Blut nicht mehr halten können!"

„Dann werde ich ihn heute Abend in mein Gebet einschließen und dafür bitten, dass ihm Ersteres vergönnt ist!", sagte Hildegard.

„Tun Sie das, meine Liebe. Der alte Kagenbusch kann jede Unterstützung gebrauchen, die er kriegen kann – ganz besonders die von oben!", sagte Dr. Koch und verließ das Schwesternzimmer.

## Erbsensuppe

Der alte Mann wurde wach, weil ihn jemand am Arm angefasst hatte und leicht schüttelte.

„Herr Kagenbusch!", hörte er eine Frauenstimme.

Er brauchte einen Moment, um wach zu werden und zu erkennen, dass er sich im Krankenhaus befand.

„Herr Kagenbusch!", sagte sie noch einmal.

Er sah auf und erkannte die Frau: „Schwester Hildegard", sagte er.

„Es tut mir leid, dass ich Sie geweckt habe, Herr Kagenbusch, aber Sie müssen etwas essen. Es gibt heiße Erbsensuppe und Brot dazu. Das wird ihnen sicher guttun!", war sich Schwester Hildegard sicher.

Sie half ihm, sich im Bett aufzusetzen, rückte ihm das Kissen zurecht und er ließ sich wieder etwas nach hinten sinken. Dann gab sie ihm das Tablett auf dem neben dem tiefen Teller mit der Erbsensuppe noch eine Scheibe Brot und ein Löffel lagen.

„Du lieber Himmel!", sagte der Alte, nachdem er mit dem Löffel ein wenig in der Suppe herumgerührt hatte, „Da sind ja sogar Speckstückchen drin!"

Er freute sich, die Suppe war nicht dünn, sondern enthielt viele Erbsen, Karotten, Suppengrün etc. – und eben noch etwas Speck!

„Soviel wie hier im Krankenhaus habe ich seit Jahren nicht zu essen bekommen!", freute sich Kagenbusch. „Ich weiß gar nicht, ob ich das alles schaffe!"

„Nun, Sie sollen hier bei uns ja auch wieder zu Kräften kommen und das geht nicht mit einer wässrigen Suppe!", sagte Schwester Hildegard mit Bestimmtheit. „Essen Sie einfach so viel wie sie können und machen Sie langsam, es nimmt Ihnen keiner weg – auch der Herr Ferdinand nicht, denn der ist momentan ganz schlecht zu Fuß!"

Alle drei im Zimmer mussten lachen, aber für die beiden Patienten war das nur ein kurzes Vergnügen, denn Ferdi taten sogleich wieder seine angebrochenen Rippen weh und der Alte bekam einen leichten Hustenanfall. Schwester Hildegard reichte ihm eine Tasse Tee und Kagenbusch trank zwei kleine Schlucke.

Sein Husten beruhigte sich und er sagte: „Nun liebe Schwester Hildegard, zu Kräften wird sicherlich der junge Mann hier im Raum kommen, aber ich selbst glaube nicht, dass ich dieses Gebäude noch einmal anders als in der Horizontalen verlassen werde!"

39

„Aber sagen Sie doch so etwas nicht!", wehrte Schwester Hildegard ab.

„Glauben Sie mir, ein Mensch in meiner Situation fühlt, dass seine Tage gezählt sind, aber das ist nicht Schlimmes. Irgendwann trifft es jeden von uns und jetzt ist nun einmal meine Zeit gekommen. Das ist in Ordnung so!", sagte der alte Mann ohne Gram.

„Sie sollten die Suppe essen, so lange Sie noch warm ist", sagte Schwester Hildegard – sie mochte solche Gespräche nicht.

## In der Backstube

In der Küche des städtischen Krankenhauses von Hagen, die auch als Backstube diente, herrschte emsiges Treiben. Das Mittagessen war längst zubereitet und zur Auslieferung auf die verschiedenen Stationen des Krankenhauses gebracht worden.

Im Moment war man dabei, den Kuchen für heute Nachmittag zu backen. Der Ofen war vor Stunden angeheizt worden und hatte jetzt die richtige Temperatur, um das knappe dutzend Kuchen hineinzuschieben. Die Kohlen und die Asche waren aus dem Ofen entfernt und der Boden war mit nassen Lappen ausgewischt worden, die an einer Stange befestigt waren.

Heute gab es Apfelkuchen. Die Äpfel waren natürlich nicht frisch, denn es dauerte noch eine Weile bis zur diesjährigen Ernte, aber in den Gewölbekellern des Krankenhauses herrschten das ganze Jahr über angenehm kühle Temperaturen. Dort unten hielten sich Äpfel gut. Sie wurden mit der Zeit zwar etwas runzelig und sahen nicht mehr so appetitlich aus wie ein frischer Apfel, aber wenn man sie schälte taugten sie immer noch hervorragend als Kompott oder wie heute – für einen Obstkuchen.

Die beiden Köche beeilten sich, die Kuchen zügig auf den heißen Boden des Ofens zu legen. Wenn sie jetzt zu lange abwarteten, würde die Temperatur des Ofens zu stark absinken und der Kuchen würde in der vorgesehenen Zeit nicht richtig ausgebacken werden! Da sie diese Arbeit nicht zum ersten Mal machten, ging sie ihnen schnell von der Hand und innerhalb einer Minute waren die Kuchen im Ofen und dessen Tür wieder verschlossen.

## Die Geschäfte laufen schlecht

Peter Kagenbusch legte den Löffel zu Seite. Er hatte die Hälfte der Suppe gegessen und ein paar Bissen vom Brot genommen – das reichte ihm. Er konnte nicht mehr viel essen und in seinem Alter brauchte er auch nicht mehr soviel. Aber geschmeckt hatte ihm die Suppe! Außerdem hatte er sich alle Speckstückchen aus der Suppe heraus stibitzt und die Suppe anschließend noch zweimal umgerührt, um sicherzugehen, dass er kein Stückchen übersehen hatte.

Auch sein junger Zimmergenosse war satt geworden und das war gut so, denn den Rest der Suppe hätte er sich sowieso nicht von dem Alten nehmen können, weil er das Bett noch nicht verlassen konnte.

Peter Kagenbusch stellte das Tablett auf seinen Nachttisch und fragte: „Soll ich weiter erzählen?"

„Auf jeden Fall!", lautete Ferdinands Antwort.

Der Alte nahm wieder sein Buch zur Hand und zog seine Brille an. „Wo waren wir vorhin stehengeblieben?", wollte er wissen.

„Sie hatten die britische Staatsbürgerschaft erhalten", sagte Ferdi.

„Richtig! Gut aufgepasst, junger Freund!", lobte ihn der Alte.

„Von da an lief doch sicherlich alles wie am Schnürchen?", fragte Ferdinand.

„Immer schön der Reihe nach!", sagte der Alte und schlug die entsprechende Stelle in seinem Buch auf.

„Hier haben wir's!", fuhr er fort. „Also 1847 – ein Jahr nach der Einbürgerung – hatte ich mit ein paar Partnern in Leeds ein Geschäft für Düngemittel gegründet. Sie hießen Waterford, Dent und James, wenn ich mich recht entsinne. Nein, der erste hieß Waterton – ich kann meine eigene Schrift schon nicht mehr lesen!"

„Was waren das für Produkte?", fragte Ferdi neugierig.

„Nun, das waren chemisch zubereitete Salze", antwortete Kagenbusch. „Weil der Absatz in England ziemlich schleppend lief, habe ich damals Kontakt zu einigen Händlern in Preußen aufgenommen, denn warum sollte ich nicht auch meine anderen Sprachkenntnisse nutzen?"

„Das war eine gute Idee!", meinte Ferdi.

„Zunächst ja", sagte Kagenbusch. „Die deutschen Ackerer standen diesen neuen Produkten aufgeschlossener und offener gegenüber als die konservativen britischen Bauern. Wir haben einige Annoncen in deutschen Tageszeitungen geschaltet, um für unsere Produkte zu werben. Wenn ich mich recht entsinne – weil wir uns gerade im städtischen Krankenhaus von Hagen befinden – war auch das ‚Hagener Kreisblatt' unter diesen Zeitungen!"

„Wie klein doch manchmal die Welt ist!", meinte Ferdi.

„Die Geschäfte liefen aber auch in Preußen nicht so wie erhofft", berichtete der Alte weiter. „Im Februar 1848 haben meine drei Geschäftspartner und ich uns in gegenseitigem Einvernehmen getrennt. Waterton hat dann die Alkalifabrik in Hunslet im Bezirk Leeds alleine weitergeführt und auch die bestehenden Schulden übernommen."

„Und Sie?", wollte sein junger Zimmergenosse wissen.

„Ich habe zusammen mit Dent und einem Mann namens Matthews eine neue Firma in Leeds und Nottingham gegründet. Das ging aber auch nicht lange gut, denn bereits im April haben wir uns von Matthews getrennt!", sagte Kagenbusch.

„Das heißt, Sie waren nur noch zu zweit", stellte Ferdinand fest.

„Exakt, aber im November 1848 wurden Dent und ich für bankrott erklärt und mussten uns kurz vor Weihnachten dem Konkursgericht stellen und unser Vermögen und unsere Habe vollständig offenlegen!", stellte der alte Mann nüchtern fest.

„Das war sicherlich eine ziemlich unschöne Situation!", sagte Ferdi.

„Natürlich, aber unsere Produkte haben ja nicht viel getaugt. Wie zumeist in meinem Leben habe ich den Leuten mehr versprochen, als ich letztendlich halten konnte. Kein Wunder also, dass das Geschäft nicht richtig lief!", gab Kagenbusch offen zu.

„Wie sind Sie dann wieder auf die Beine gekommen?", wollte Ferdi wissen.

„Ich hatte noch einige Zentner von unseren Agrarsalzen beiseite schaffen können und habe 1849 noch ein paar Annoncen in preußischen Zeitungen geschaltet, aber irgendwann ging mir das Geld aus!", sagte der Alte.

Ferdinand sah ihn gespannt an.

„Nun ja, es blieb mir zu diesem Zeitpunkt nur ein Ausweg – ich musste zurück nach Preußen!"

„Damit hatte ich jetzt nicht gerechnet!", sagte Ferdi überrascht.

„Und weißt Du, womit ich jetzt nicht gerechnet habe?", erwiderte der Alte.

„Keine Ahnung!", antwortete ihm Ferdi.

„Damit, dass ich schon wieder müde bin!", sagte Peter Kagenbusch, legte seine Brille auf den Nachttisch und schlief mit dem Buch in seinen Händen ein.

# Apfelkuchen

Schwester Hildegard betrat das Krankenzimmer und hatte ein Tablett in der Hand, auf dem sich zwei kleine Teller und zwei Tassen befanden.

„Das duftet aber gut!", stellte Ferdinand in leisem Ton fest.

Schwester Hildegard schaute auf den alten Herrn Kagenbusch und sah, dass er schon wieder oder immer noch schlief.

Sie stellte das Tablett auf einem leeren Bett ab, und half Ferdinand dabei, sich aufrecht zu setzen, was diesen aufgrund der damit einhergehenden Schmerzen zum Stöhnen und Fluchen brachte.

„Na, mein Lieber!", tadelte ihn die Schwester, „Wir wollen doch nicht den Namen unseres Herren in einem so verwerflichen Zusammenhang in den Mund nehmen!"

„Tut mir leid,", entschuldigte sich Ferdinand, „es tut halt noch ziemlich weh, wenn ich mich bewege!"

„Das verstehe ich, aber dafür kann unser Heiland ja nichts!", entgegnete ihm Schwester Hildegard lapidar. Da ließ sie nicht mit sich handeln!

Sie stellte Ferdinand eine Tasse Kaffee auf seinen Nachttisch und gab ihm einen Teller in die Hand.

„Oh, Apfelkuchen!", freute er sich.

„Den hat man in unserer Küche heute frisch gebacken – Sie können von Glück reden, dass man dort noch nichts von Ihren Flüchen wusste!", sagte sie mit einem verschmitzten Lächeln.

„Sie werden mich doch nicht noch verraten, Schwester?", fragte Ferdinand und musste ebenfalls lachen.

„Nein, keine Sorge!", beruhigte ihn Schwester Hildegard. „Ist stelle auch Kaffee und Kuchen für Herrn Kagenbusch auf seinem Nachttisch bereit, da Sie beide ja momentan nicht besonders gut zu Fuß sind! Der Kaffee wird zwar vermutlich kalt sein, wenn er wieder aufwacht, aber über den Kuchen dürfte er sich sicherlich freuen."

„Ganz bestimmt, Schwester Hildegard!", sagte Ferdi und schob sich ein großes Stück Kuchen in den Mund.

## Rückkehr nach Preußen

Nachdem der alte Mann wieder aufgewacht war, stellte er erfreut fest, dass Schwester Hildegard in der Zwischenzeit ein Stück Apfelkuchen gebracht hatte, welches er nun mit Heißhunger verspeiste. Den kalten Kaffee ließ er dagegen unangetastet stehen.

Gestärkt durch sein Schläfchen und den guten Kuchen nahm Peter Kagenbusch sein Buch wieder zur Hand und fragte seinen Bettnachbarn: „Wollen wir uns nach Preußen aufmachen?"

Ferdinand, der auf die Fortsetzung der Lebensgeschichte des alten Mannes schon sehnsüchtig gewartet hatte, sagte nur: „Ich bin dabei!"

Peter Kagenbusch setzte seine Brille wieder auf und blätterte in dem Buch an die Stelle, an der er vorhin stehen geblieben war.

„Beinahe die ganzen 1840er Jahre hatte ich in England verbracht, aber nach ein paar Firmenpleiten war ich ziemlich am Ende!", begann der Alte zu erzählen. „Noch im April 1850 veröffentlichte ich unter dem Pseudonym ‚Friedrich Speel' einen angeblichen Tatsachenbericht im ‚Düsseldorfer Journal und Kreis-Blatt', in dem dieser vermeintliche Ackerer angab, die Düngeprodukte des Herrn Kagenbusch selbst auf seinem Acker getestet und damit ganz außerordentliche Erfolge erzielt zu haben! Aber es half alles nichts, Mitte 1850 musste ich wohl oder übel zurück in die alte Heimat! Ich entschloss mich dazu, nach Düsseldorf zu gehen."

„Warum gerade Düsseldorf?", wollte Ferdi wissen.

„Weil es eine große Stadt ist – mit entsprechenden Möglichkeiten", lautete die einfache Antwort Kagenbuschs.

„Welche Möglichkeiten meinen Sie?", verstand Ferdi nicht so ganz.

„Ganz einfach. Es gibt viele betuchte Leute dort, anders als in einer Kleinstadt oder einem Dorf. Außerdem ist bei vielen dieser Leute ‚der Verstand nicht mit dem Geldbeutel mitgewachsen' – wie mein Vater immer sagte. Will heißen, wo auf dem Lande noch der gesunde Menschenverstand die Leute vor windigen Geschäften zurückschrecken lässt, da überwiegt bei den Reichen bereits die Gier nach einem möglichen großen Gewinn. Und wenn man ihnen diesen Gewinn exklusiv verspricht, dann ist es um ihre Vorsicht zumeist geschehen!"

Der Alte hat es wirklich faustdick hinter den Ohren, dachte sich Ferdinand, wollte sich aber zunächst nicht über das verwerfliche Handeln seines Bettnachbarn auslassen, sondern hören, wie dessen Geschichte weiterging.

„Auch in Düsseldorf lief es zu Beginn anders, als gedacht!", fuhr der Alte fort mit seiner Geschichte. „Ich lernte eine Witwe kennen ..."

„Das ist ja interessant!", entfuhr es Ferdinand, der ganz aus dem Häuschen war. „Hat Sie euch auf den Pfad der Tugend zurückgeführt und Eure Seele dem Fegefeuer entrissen?"

Aufgrund des Nachsatzes wusste Kagenbusch, dass der Grünschnabel in Sachen Lebenserfahrung, der neben ihm lag, ihn auf den Arm nehmen wollte.

Er ließ sich aber nichts anmerken und sagte:

„Ich überlegte tatsächlich, ob ich den Pfad hin zu einem normalen und ehrlichen Leben beschreiten sollte. Die Witwe hieß Christine Lisette Ewaldine Dammann, war ein knappes Jahr älter als ich und stammte aus Elberfeld. Sie war mit dem dortigen Kaufmann Hermann Christian Lemkes verheiratet gewesen, der irgendwann – angeblich aus geschäftlichen Gründen – nach Amerika gefahren war und seitdem als verschollen galt. Vielleicht war er wirklich dort verstorben, ohne, dass es seine Angehörigen zu Hause erfuhren, in jedem Fall verlor sich jede Spur von ihm und er wurde nach ein paar Jahren offiziell für tot erklärt. Damit war seine Frau nun Witwe. Sie hatte vier minderjährige Kinder im Alter zwischen 9 und 14 Jahren – einen Jungen und drei Mädchen – und da sie einen Ernährer für die hungrigen Mäuler benötigte und wir beide uns nicht un-

48

sympathisch waren, machte ich ihr einen Heiratsantrag."

„Chapeau!", sagte Ferdinand anerkennend. „Sie haben sich getraut, sie zu fragen!"

„Ich bin ganz ehrlich zu Dir, Ferdinand, wenn ich sage, dass ich eine Zeitlang geglaubt habe, dass ich durch das Familienleben und meinen damals ausgeübten Beruf als Kaufmann ein ganz normales Leben führen könnte. Im April 1851 hat das bereits erwähnte ‚Düsseldorfer Journal und Kreis-Blatt‘ unser Eheversprechen veröffentlicht und am 20. Mai 1851 haben Christine und ich auf dem Standesamt Düsseldorf geheiratet."

„Hattet Ihr noch eigene Kinder mit eurer Ehefrau?", wollte Ferdinand wissen.

„Nein, das sollte nicht sein, aber aus heutiger Sicht war das vermutlich besser so", sagte der Alte nachdenklich.

„Aber Sie hatten zumindest wieder ein wenig Ruhe in Ihr Leben gebracht, oder?", fragte Ferdinand vorsichtig nach.

„Das Glück hielt nur ein paar Monate – ich war halt kein Kaufmann, kein Mann von realen Geschäften. Meine Masche war eher die Illusion, den Leuten etwas vorzumachen und nur den Schein zu verkaufen – nur darin war ich wirklich gut."

„Was ging schief?", lautete Ferdis nächste Frage.

„Ich hatte in der Gemeinde Pempelfort auf der ‚Kölner Chaussee' respektive ‚Kölner Landstraße' in dem ehemaligen von Zander'schen Fabrikgebäude eine chemische Düngemittelhandlung namens ‚Kagenbusch & Compagnie' gegründet. Am 26. Januar 1852 musste ich eine Zwangsversteigerung von circa 8,000 Pfund chemischem Dünger, 8,000 Pfund Schwefellauge etc. über mich ergehen lassen.

Aber die erzielten Erlöse reichten nicht aus – drei Monate später war die Firma bankrott. Das königliche Landgericht zu Düsseldorf erklärte mich am 2. April 1852 durch ein Ratskammerurteil offiziell für fallit und setzte den Ausbruch des Falliments rückwirkend auf den 15. Dezember 1851 fest."

„Ich kann nicht glauben, dass Sie sich nach beinahe vierzig Jahren noch an Tag und Datum der Ereignisse erinnern können!", stellte Ferdi mit Erstaunen fest.

„Mit Zahlen konnte ich immer schon gut umgehen und wie heißt es so schön: ‚Wer lügt, braucht ein gutes Gedächtnis‘! Auch darauf konnte ich mich immer verlassen. Außerdem waren das einschneidende Ereignisse in meinem Leben und da vergisst man die negativen genauso wenig wie die positiven", konstatierte der Alte.

„So ein Bankrott ist doch sicherlich eine ziemlich unangenehme Sache?", fragte Ferdi.

„Das kannst Du laut sagen!", antwortete Peter Kagenbusch. „Im Juni wurden sämtliche Gläubiger meiner Handelsgesellschaft ins königliche Landgericht zu Düsseldorf eingeladen. Anschließend hieß es, sie sollten ihre Forderungen binnen vierzig Tagen bei dem provisorischen Syndikus, einem Landgerichts-Referendar hinterlegen. Damit war der ganze Papierkram aber noch lange nicht erledigt. Ende Juli gab es dann einen weiteren Termin im königlichen Landgericht zu Düsseldorf, in dem es um die Verifikation und Affirmation der Forderungen ging. Das ganze Brimborium zog sich bis in den Oktober 1852 hin, inklusive Veröffentlichung einer Liste von über 70 Gläubigern in der ,Düsseldorfer Zeitung' – damit wusste dann auch der allerletzte meiner Geschäftspartner und meiner Bekannten Bescheid und haben mich fortan gemieden!"

„Donnerwetter! 70 Gläubiger sind aber eine ganze Menge!", stellte Ferdinand fest.

„Ja, und das waren nur die, die den Verifikationstermin Ende Juli verpasst hatten!", antwortete der Alte und Ferdi glaubte beinahe so etwas wie Stolz in dessen Stimme zu vernehmen.

„Im November wurde dann für die zugelassenen Gläubiger der insolventen Firma ,Peter Kagenbusch & Comp.' der 10. Dezember 1852 als Termin zum Versuche des Concordates, eventuell zur Bildung der Union – wie es so schön hieß – vor dem Düsseldorfer Landgericht anberaumt. Ich hatte demnach das ganze Jahr 1852 über mit diesem Scheißdreck zu tun!", sagte Kagenbusch.

„Sind Sie anschließend wieder in ruhigeres Fahrwasser gekommen?", wollte Ferdi wissen.

„Nun, mein Ausflug in die Welt der Kaufleute war ja krachend gescheitert und so suchte ich mir zunächst wieder Arbeit als Chemiker", fuhr der Alte fort zu erzählen. „Ich hatte während meiner Zeit als Kaufmann und Besitzer der Düngemittelhandlung ,auf großem Fuße' gelebt, wollte meiner Familie etwas bieten und natürlich auch in den besseren Kreisen von Düsseldorf verkehren. Die damals gemach-

51

ten Privatschulden drückten mich weiterhin, denn als Chemiker verdiente ich de facto viel weniger als ein – zumindest vorübergehend – erfolgreicher Kaufmann. Es kam wie es kommen musste: Im Februar 1854 berichtete abermals das ‚Hagener Kreisblatt‘, dass eine für den Chemiker Peter Kagenbusch zu Düsseldorf im königlichen Bergamt zu Bochum eingetragene Kux der Alaunschieferzeche ‚Amalia‘ und die daselbst eingetragene Kux der Alaun- und Vitriol-Siede-Hütte ‚Gute Hoffnung‘ am 22. Mai 1854 zwangsversteigert werden sollten – so oder so ähnlich stand es in der Zeitung!"

„Auweia – Zwangsversteigerung, Bankrott und dann wieder Zwangsversteigerung! Da sind sie aus dem Schlamassel jahrelang nicht mehr rausgekommen!", stellte Ferdinand betroffen fest.

„Stimmt. Für meine Familie war das ziemlich schlimm. Meine Frau schämte sich wegen des Bankrotts und unserer Schulden, meine Kinder litten darunter, dass wir mehrmals umziehen und sie die Schule wechseln mussten!", gab Kagenbusch zu.

„Hat das Ihr Verhältnis zu Ihrer Frau und Ihren Kindern verschlechtert?", fragte Ferdinand ganz direkt.

„Zu den Kindern ja, die fühlten sich natürlich viel besser, als ihr neuer Vater noch ‚Jemand‘ war – also vor dem Bankrott, meine ich. Meine Frau hat damals noch hinter mir gestanden, weil sie noch nicht durchschaut hatte, dass mein ganzen System auf Lug und Trug aufgebaut war!", sagte der Alte frank und frei heraus.

52

„Wie konnten Sie sich von diesen vielen Rückschlägen erholen?", fragte sein junger Bettnachbar.

„Nun, ich wäre nicht ich selbst gewesen, hätte ich mich nicht auch in dieser dunklen Zeit nach einem neuen Betätigungsfeld umgeschaut", sagte Kagenbusch.

„Und was war das?", fragte Ferdi neugierig.

„Ich wurde Bergwerksdirektor!", sagte der alte Mann nicht ohne Stolz. „Aber davon später mehr. Das ständige Sprechen strengt mich doch viel mehr an, als ich dachte. Gönn' mir ein kleines Päuschen und ich erzähle Dir anschließend, wie die Geschichte weitergeht", sagte Peter Kagenbusch und legte Buch und Brille wieder auf seinen Nachttisch, um sich auszuruhen.

## Die Heißmangel

In der hauseigenen Wäscherei des städtischen Krankenhauses herrschte geschäftiges Treiben. Es gab täglich jede Menge Wäsche zu waschen. Das waren Bett- und Kopfkissenbezüge, Bettlaken, Handtücher, Waschlappen, Arbeitskittel von Ärzten und Schwestern, Operations-Kittel, Tischdecken und etliches mehr. Hygiene wurde an diesem Ort großgeschrieben und entsprechend viel gab es jeden Tag zu tun.

Clothilde Haßdenteufel führte das Kommando in der Wäscherei – und das im wahrsten Sinne des Wortes! Man hätte meinen können, sie sei ein ausgedienter Hauptfeldwebel aus dem Krieg von 1870/71 gewesen. Wem Sie einen Anschiss erteilte – denn das

Wort Tadel hätte viel zu kurz gegriffen – der stand wie eine Eins! Bei ihr herrschte eiserne Disziplin – oder wie sie es bei jeder Begrüßung einer neuen Mitarbeiterin nannte: ‚Zucht und Ordnung'! Sie war eigentlich kein schlechter Mensch und behandelte alle ihre Beschäftigten gleich, hatte aber im Laufe der Zeit gelernt, dass sich die Leute mit einem Befehlston am besten steuern ließen und vor allem an die Regeln hielten. Weil die ganze Wäsche, vor allem die für die Ärzte und Schwestern blitzsauber sein musste, um möglichst keine Krankheitskeime auf die Patienten zu übertragen, gab es für sie in dieser Sache keine Kompromisse! Zu Beginn ihrer Arbeit in der Wäscherei hatte man noch überhaupt keine Kenntnis von den sogenannten Bakterien gehabt. Diese waren erst vor wenigen Jahren von französischen und deutschen Forschern entdeckt worden. Weil sich eine verbesserte Hygiene – auch was die Wäsche anging – durch sinkende Infektionsraten bei den Patienten ausdrückte, war man in den letzten Jahren mehr und mehr dazu übergegangen, diesen Bakterien den Kampf anzusagen. Auch im städtischen Krankenhaus in Hagen war das seit etwa zwei Jahren der Fall und sie stand sozusagen ‚an vorderster Front' in diesem Krieg gegen einen unsichtbaren Feind!

Clothilde Haßdenteufel ging zur Heißmangel. Dort wurde gerade eine neue Mitarbeiterin in den Gebrauch dieser praktischen Maschine eingeführt. Die Heißmangel war eine Vorrichtung, welche die gewaschenen Stoffe mittels einer dauerhaft erwärmten Mangelanlage schnell und ordentlich glättete. Die Wäschestücke wurden von einer großen, stoffbespannten Rolle eingezogen und dabei unter hohem

54

Anpressdruck durch eine aus ummanteltem Metall bestehende, beheizte Mulde gezogen. Dadurch konnten Textilien in einem Arbeitsgang getrocknet und geglättet werden. Anschließend musste man sie nur noch falten. Das Heißmangeln wurde in ihrer Wäscherei vor allem für Bettwäsche und Tischdecken genutzt.

Weil die Heizmangel aus beweglichen Teilen bestand und die Wäschestücke zwischen diese Rollen gezogen wurde, musste jede neue Mitarbeiterin erst eine Sicherheitseinweisung erhalten – schließlich wollte man nicht, dass jemand seine Finger verlor, nur weil er nicht wusste, wie man die Maschine bedienen musste!

## Die anglo-waldeckische Bergwerksgesellschaft

Der alte Mann hatte wieder ein Weilchen geschlafen. Resigniert stellte er fest, dass er heute außer schlafen, essen, auf Toilette gehen und erzählen nichts gemacht hatte, ihn das aber schon so sehr anstrengte, dass ihm am helllichten Tag ständig die Augen zufielen. Viel Zeit blieb ihm also nicht mehr, dann würde Gevatter Tod endgültig seine kalten, skelettierten Finger nach ihm ausstrecken und ihn von diesem Erdenrund tilgen! Es galt also die wenigen, ihm noch verbleibenden Kräfte zu nutzen, damit er seinem Bettnachbarn hoffentlich noch seine Lebensgeschichte zu Ende erzählen konnte!

„Soll ich weitermachen?", fragte er seinen jungen Zimmergenossen, der schon gespannt auf die Fortsetzung der Erzählung gewartet hatte und zustimmend nickte.

„Ich hatte vorhin ja schon angedeutet, dass ich mich nach einem neuen Betätigungsumfeld umgesehen hatte und dies in der Rolle des Bergwerksdirektors fand. Hier habe ich einen netten Zeitungsausschnitt aus dem „Waldecker Anzeiger", der im April 1854 einen Aufsatz mit dem Titel „Das Bergwerk im Eisenberg" veröffentlichte. Ich lese Dir mal die relevanten Teile daraus vor, das dürfte für Dich als Bergmann interessant sein:

*Am westlichen Rande des Berges, unweit des Dorfes Goldhausen, wird ein Schacht wieder bearbeitet. Er war von Gewerker Ulrich zu Bredelar, so wie ein von der Nordwestseite herführender Stollen, dessen Eingang in der Nähe ist und der mit ihm in Verbindung zu stehen scheint, seit einigen Jahren wieder in Angriff genommen. Sein Metallreichtum ist hauptsächlich die Ursache, daß eine englische Gesellschaft dem Gewerker Ulrich das Bergwerk Eisenberg, so wie dessen Mutungsrecht im hiesigen Fürstentum überhaupt abgekauft hat. Es ist dies die 'anglo-waldeckische Bergwerksgesellschaft', welche zugleich vom Staate die Concession erhalten hat, in der Eder und den übrigen Gewässern Waldecks Gold zu waschen und in den nächsten Tagen bei Anraff, wo der Edersand besonders reich ist, den Betrieb eröffnen wird. **Director Kagenbusch**, der im Auftrage der anglo-waldeckischen Bergwerksgesellschaft das Bergwerk hier leitet, beschäftigt jetzt 10 Bergleute und 32 gewöhnliche Arbeiter (wie ich selbst gezählt habe), ungerechnet die Goldhäuser*

56

*Schulkinder, die Nachmittags ihre 2 ½ – 3 ½ Silbergroschen verdienen und ohne die in Nordenbeck beschäftigten Leute. Wie ich höre, sind im Ganzen (Bergleute, Arbeiter und Kinder) 75 bis jetzt tätig und werden immer mehr angenommen, besonders sind eigentliche Bergleute erwünscht.*

*...*

*Unweit der Öffnung des Schachtes werden die empor gewundenen Erze von einigen Leuten aufgeschüttet und geordnet. Die Mehrzahl der Arbeiter ist dagegen an den alten Halden tätig. Sie sondern die erzhaltigen Steine von den wertlosen aus; erstere werden in besonderen Haufen aufgeschichtet, mit letzteren wird der angrenzende Hohlweg ausgefüllt. Auch braune Erde, die sich in den Minen findet, ist an einem Rasenplatze aufgehäuft und mit grünen Tannenzweigen sorglich gegen die Einflüsse der Witterung geschützt. Doch will mir bei meinen schwachen mineralogischen Kenntnissen ihr Kupferreichtum noch nicht einleuchten (für erdiges Rotkupfererz kann ich es der Farbe wegen nicht halten, doch habe ich solches auch noch nicht gesehen), und habe ich nicht erfahren, ob sie etwa auf Gold gewaschen werden solle. Selbst der Grand, der zwischen den Halden sowohl in der Nähe des Schachts, als auch bei dem an der Nordwestseite sich befindlichen Stollen in Menge vorhanden ist, erscheint nicht verächtlich. Proben davon sind nach Nordenbeck gefahren, in Mörsern zerstoßen und in Küben verquickt und haben ein günstiges Resultat gegeben. Wer nicht weiß, was der Bergmann unter Verquicken oder Anquicken versteht, der kann es gleich uns in Nordenbeck aus eigener Anschauung erfahren. Die fein gepochten Erze sind dort nämlich in Küben mit Wasser und Quecksilber vermengt. Die Masse wird fleißig umgerührt. Das Quecksilber zieht alles Gold und Silber in sich ein und sammelt sich immer wieder auf dem Boden der Gefäße, während die andern Bestandteile sich darüber lagern. Das silberhaltige Gold wird dann wieder vom Quecksilber geschieden. Auf diese Weise sind schon einige Loth Gold gewonnen und tatsächlich der Beweis geliefert, daß, wenn durch Maschinen Handarbeit erspart und die Gewinnung durch mechanische und chemische Kräfte vervollkommnet wird, etwas Erkleckliches aus den Erzen zu erzielen ist. Die chemische Untersuchung hat im Centner Erz ½ Quent Gold ergeben.*

*Die Kupfererze, die in diesem Frühjahr zu Tage gefördert wurden, werden nach Nordenbeck gefahren, von dort nach London versandt und daselbst auf den Markt gebracht. Sie sind hauptsächlich kohlensaures Kupferoxyd, die blauen Stücke Kupferlasur, die grünen Malachit. Die chemische Untersuchung hat 14–15 Prozent reines Kupfer bei ihnen herausgestellt.*

Ferdinand überlegte ein wenig, um das soeben gehörte geistig zu verarbeiten. „Wenn ich das richtig verstanden habe", begann er, „dann haben Sie Ihre Kontakte in England genutzt, um zusammen mit diesen eine Bergwerksgesellschaft zu gründen, die die Gruben in Waldeck ausbeuten sollte?"

„Ganz genau!", lautete die Antwort des alten Mannes.

„Aber woher kannten Sie denn die entsprechenden Gesellschafter?", wollte Ferdi wissen. „Sie waren doch in den 1840ern lediglich als Färber, Chemiker und Kaufmann, d.h. Geschäftsmann in Sachen Düngemittel, tätig?"

„Zum Glück hatte ich es in meinem Leben nur selten mit jemandem von Deiner Intelligenz zu tun, mein Lieber!", lobte Kagenbusch seinen jungen Zimmergenossen. „Ich kannte natürlich keine entsprechenden Leute und die englische Firma, die auf die Waldecker Grubenbesitzer zuging ..."

„... war nur eine Strohfirma!", ergänzte Ferdi.

„Im Gegensatz zu den Waldecker Landeiern hast Du die Sache erfasst, Ferdi! Die waren nämlich ganz aus dem Häuschen, dass so feine englische Herren aus der Welthauptstadt London mit ihnen Geschäfte machen wollten!", sagte Kagenbusch belustigt.

„Und die abgebauten Gesteine waren wertlos?", vermutete Ferdinand.

„Völlig!", lautete die schonungslose Antwort des Alten.

„Aber Sie haben die Gesteine doch per Eisenbahn abtransportieren lassen?", hakte Ferdi nach.

„Genau, und auf dem Weg zum Hafen in Duisburg an einem Zwischenhalt ausladen lassen und als Material zum Straßenbau verkauft!", lachte Kagenbusch.

„Unglaublich!", rief Ferdinand. „Aber da haben Sie doch sicherlich draufgezahlt! Ich meine, der Abbau im Bergwerk und der Transport hat doch wahrscheinlich mehr gekostet, als Sie dafür als Baumaterial für den Straßenbau erhalten haben?"

„Natürlich, aber ich hatte doch den großen Vorschuss von den Waldecker Grubenbesitzern, mit dem ich erst einmal wirtschaften konnte!", sagte der Alte und grinste.

„Und als man anfing Fragen zu stellen?", wollte Ferdi wissen.

„Nun dann wurde der Zug mit dem Kupfererz in England auf eine falsche Strecke geleitet und musste erst wiedergefunden werden, oder es gab Schwierigkeiten beim Einschmelzen des Gesteins und Extrahieren des Kupfers, dann blieb eine Zahlung aus England wegen der Währungskonvertierung bei den Banken hängen etc. pp.", sagte Peter Kagenbusch.

„Es gab also endlose Ausreden, um die heimischen Geldgeber bei der Stange zu halten!", stellte Ferdinand fest.

„Exakt. Wenn gar nichts mehr half, dann musste ich ihnen nur vorrechnen, dass es doch schade um das schöne Geld sei, dass sie bisher schon investiert hätten, wenn sie jetzt nicht nochmal eine Geldspritze hinterherschießen würden!", sagte der Alte ohne jede Emotion.

„Wahnsinn!", sagte Ferdinand und musste das Geständnis seines Zimmergenossen erst einmal sacken lassen.

„Wie lange konnten Sie denn diesen Schwindel aufrecht erhalten?", wollte Ferdi wissen.

„Noch beinahe ein Jahr", antwortete ihm der Alte. „Im Oktober 1854 brachte der ‚Waldecker Anzeiger' die Fortsetzung seines Artikels vom April, diesmal unter dem Titel ‚Kupfergewinn in Nordenbeck'. Auch diesen habe ich mir damals aus der Zeitung ausgeschnitten, weil ich darin erwähnt wurde. Ich lese Ihnen nur die interessantesten Stellen vor – also die mir mir!", sagte Kagenbusch lächelnd und nahm den Zeitungsartikel zur Hand.

*„Das Kupfer wird auf nassem Wege gewonnen. Die Erze werden nämlich zuerst zerkleinert, und zwar geschieht dies jetzt von Handarbeitern, welche dieselben bis auf Haselnuß- und Wallnußdicke zerklopfen, – später werden sie zerstampft werden. Diese Erze werden in Küben gebracht (ich zählte deren 75, in welchen etwa 200 Zentner Erz verarbeitet werden können), wo die groben unten, die feinen oben hin geschüttet werden. Alsdann kommt verdünnte Salzsäure darauf, welche 3 bis 4 Tage stehen bleibt. Die Lauge wird nun abgelassen, geklärt und in reine Fässer, deren 60 sind, gebracht. Dieses Verfahren wird so oft wiederholt, bis die Erze von ihrem Kupfergehalt möglichst befreit sind. Hierauf wird in die kupferhaltige Flüssigkeit Eisen gelegt, auf welchem sich das Kupfer als Cäment niederschlägt. Endlich wird das feuchte Cäment auf Spitzbeutel geschüttet, in denen das Cäment zurückbleibt, nachdem die Flüssigkeit in die untergestellten Fässer abgelaufen ist. Ich habe auf der Wohnstube die zuckerhutförmigen Klumpen Cämentkupfer gesehen, welches die Versuche bis jetzt geliefert haben. Nach dem Stück, welches wir gewogen haben, beträgt das Gewonnene etwa 160 – 180 Pfund. Einige Pfunde waren auch schon zu einer Stange metallisch reinen Kupfers geschmolzen, und das*

*Kupfer schien vorzüglich, wie denn das auf diesem Wege gewonnene überhaupt durch Güte sich auszeichnen soll. Nachdem das Kupfer aus den Erzen gezogen ist, soll der Rückstand mit Quecksilber auf Gold amalgamirt werden. Herr **Director Kagenbusch** erzählte, es seien 3 Maschinen bestellt, um das Gold zu gewinnen und sprach die Überzeugung aus, daß das Kupfer alle Unkosten reichlich decken und das Gold reiner Überschuß sein werde. Er zeigte zur Vergleichung 2 Stäbchen Gold, von denen das aus der Eder gewonnene 20 karätig, das aus dem Eisenberge 18 karätig wäre.*

*Obgleich dieses nur Versuche sind, so scheint so viel festzustehen, daß das Eisenberger Bergwerk mit Erfolg zu betreiben ist. Selbst aus den Abfällen, welche beim Scheiden der nach England versandten Erze in großen Massen aufgehäuft sind (ich höre 22,300 Zentner), hat sich bei den Versuchen bis jetzt durchschnittlich ein Gehalt von 2 Prozent Kupfer herausgestellt und sollen sie bei der Verarbeitung noch nicht erschöpft sein; die reicheren ausgesuchten Erze haben dagegen (beides nach der mündlichen Angabe des Fuldaer Professors Gutperlet) einen durchschnittlichen Gehalt von 5 Prozent. "*

„Das war dann vermutlich auch alles erstunken und erlogen, oder?", fragte Ferdinand.

„Natürlich!", gab der Alte unumwunden zu.

„Und das Kupfer und das Gold, welches gewonnen wurde?", wollte Ferdi wissen.

„Das hatte ich zu unterst in die Schmelztiegel gelegt und das zerkleinerte Gestein darüber", sagte Kagenbusch.

„So wie der Zauberer die Silbermünze bereits in seiner Hand versteckt hält, die er gleich zum Staunen des Publikums hinter dem Ohr eines Zuschauers hervorzaubern wird!", sagte Ferdinand.

„Ganz genau!", sagte der Alte. „Die Leute sehen nur, was sie sehen wollen! Im Grunde ist es ganz einfach."

„Und der Professor, der die Erze untersucht hat? Hatten Sie den bestochen?", wollte Ferdi wissen.

„Junger Freund, das wäre doch unredlich und außerdem überflüssig gewesen", lautete Kagenbuschs Antwort. „Ich hatte ihm gesagt, dass wir in Waldeck schürfen und er doch bitte die mitgebrachten Proben analysieren möge. Dass die Proben auch tatsächlich aus Waldeck stammten muss er wohl angenommen haben – ich habe es jedenfalls nicht behauptet!", sagte der Alte und musste so sehr lachen, dass er wieder einen leichten Hustenanfall bekam.

Ferdinand schüttelte ungläubig den Kopf bei dem, dass er zu hören bekam und fragte: „Und Sie tischen mir ganz sicher keine Lügenmärchen auf, Herr Kagenbusch?"

„Ich habe Dir doch versprochen: keine Lügen mehr in meinen letzten Tagen!", lautete die Antwort.

„Wie lange konnten Sie den Schwindel noch aufrecht erhalten?", wollte der junge Mann wissen.

„Ich weiß noch, dass ich im März 1855 das Schiff von Ostende nach Dover genommen habe. In den bei der Ankunft in England auszufüllenden Anmeldeformularen habe ich dann als Beruf wahrheitsgemäß ‚Bergwerks Director‘ und als Herkunftsland ‚Waldeck‘ angegeben – daran kann ich mich noch gut erinnern, weil ich das erste Mal als ‚Bergwerksdirektor‘ nach England einreiste und nicht mehr nur als Färber oder Chemiker!“, sagte Kagenbusch.

„Und was wollten Sie in England?“, fragte Ferdinand neugierig.

„Ist musste doch den Konkurs der englischen Bergwerksgesellschaft über die Bühne bringen. Die notwendigen Papiere waren schnell gefälscht. Ich fand einen ausgewanderten Deutschen, der das gut und billig erledigte“, sagte der Alte. „Außerdem hätte in Waldeck niemand die Fälschung als solche erkennen können, weil man gar nicht wusste, wie diese Dokumente normalerweise aussahen – und Englisch sprach von den hiesigen Gesellschaftern sowieso niemand!“

„So sind Sie dann aus dieser Nummer rausgekommen?“, fragte Ferdi.

„Natürlich. Ich war nach England gefahren, um angeblich neues Geld für eine Erweiterung des Bergbaus in Waldeck zu erfragen und musste vor Ort zu meiner großen Bestürzung erfahren, dass die Gesellschaft zahlungsunfähig war! Das bedeutete nicht nur das Ende der anglo-waldeckischen Bergwerksgesellschaft, sondern auch, dass ich meinen Posten als Direktor derselben verloren hatte!“

„Auf diese Weise waren Sie auch ein ‚Opfer‘ der Umstände und niemand schöpfte Verdacht!“, erkannte Ferdinand.

„Ganz genau. Zähneknirschend musste ich mich anschließend von meinen liebgewonnenen ‚Freunden‘ in Waldeck verabschieden und mir eine neue Beschäftigung suchen!", sagte Kagenbusch und tat so, als ob er darüber noch immer betrübt sei und sich eine Träne aus dem Auge wischen müsste.

„Und Ihre Familie hat geglaubt, Sie hätten wirklich Ihre Anstellung bei der Bergwerksgesellschaft verloren, oder?", wollte Ferdi wissen.

„Ja, natürlich!", sagte der Alte. „Die hätten doch keine fünf Minuten ‚dicht gehalten‘, wenn ich Ihnen die Wahrheit erzählt hätte!"

Ferdinand schwieg eine Weile und schüttelte den Kopf.

„Wie konnten Sie das alles nur Ihrer Familie antun!", sagte er wütend. „Dieser unstete Lebenswandel, das dauernde Umziehen und vor allem die ständige Lügerei!"

„Weil ich eben ein schlechter Mensch bin und mir vier Jahre nach meiner Eheschließung klar geworden war, dass ich kein Familienmensch bin! Die Kinder wurden langsam erwachsen und die geringe Verbindung, die ich zu ihnen aufgenommen hatte, verschlechterte sich von Jahr zu Jahr. Meine Frau blieb vermutlich auch nur bei mir, weil sie finanziell von mir abhängig war", lautete die traurige Bilanz des Alten.

Der alte Mann atmete schwer und Ferdinand konnte erkennen, dass ihn die Schilderung der letzten Erlebnisse sowohl körperlich als auch geistig mitgenommen hatte. Vermutlich wurde ihm in dieser Situation wieder bewusst, was er in seinem Leben alles

65

falsch gemacht hatte – und die eigene Familie so zu behandeln war ein ganz großer Fehler gewesen!

Der Alte nahm die Brille ab und legte sie auf das Buch in seinem Schoß. Ferdinand fragte erst gar nicht nach einer Fortsetzung der Erzählung, weil er sah, dass der alte Mann jetzt erst einmal eine Pause brauchte – und die benötigte Ferdi auch, musste er sich eingestehen!

## Frühstück

Peter Kagenbusch fühlte sich wie gerädert. Er sah sich um und erkannte, dass Schwester Hildegard an seinem Bett stand, die ein Tablett in der Hand hielt. Da er den Duft von Kaffee riechen konnte, schloss er daraus, das es schon wieder Morgen war.

„Du meine Güte!", sagte er. „Habe ich die ganze Nacht durchgeschlafen?"

„In der Tat", bestätigte der junge Ferdinand im Bett neben ihm. „Und geschnarcht haben Sie wie ein halbes Dutzend Holzfäller! Ich konnte erst weit nach Mitternacht einschlafen ..."

Schwester Hildegard lachte und sagte: „Sie hätten ja in ein anderes Zimmer gehen können!"

„Ganz gewiss!", entgegnete Ferdi mit gespielter Entrüstung. „Und wie bitte hätte ich dahin gelangen sollen?"

„Dann müssen Sie halt möglichst schnell gesund werden, damit Sie wieder ganz alleine aufstehen können!", sagte Hildegard schelmisch.

Bevor Ferdi darauf etwas entgegnen konnte, sagte sie zu dem alten Mann:

„Apropos gesund werden: Ich habe hier ein gutes Frühstück für Sie Herr Kagenbusch und das essen Sie jetzt bitte schön komplett auf, wenn möglich! Ich komme nachher wieder vorbei und dann kümmern wir uns um die Morgentoilette", sagte sie.

Ferdi, der etwas aufrecht gegen sein Kissen gelehnt saß und sein Tablett schon erhalten hatte, war bereits in sein Frühstück vertieft. Schwester Hildegard freute es, denn so hatte sie keine Retourkutsche von ihm zu erwarten.

Peter Kagenbusch richtete sich langsam und schwerfällig in seinem Bett auf und setzte sich halbwegs aufrecht. Dann konnte ihm Schwester Hildegard sein Tablett auch geben. Anschließend verließ sie Zimmer 7, um mit der Ausgabe des Frühstücks in den restlichen Krankenzimmern fortzufahren.

## Es sieht nicht gut aus

Nachdem Schwester Hildegard auf ihrer Station alle Frühstückstabletts ausgeteilt hatte, suchte sie Dr. Koch in seinem Untersuchungszimmer auf.

Da die Tür offenstand, klopfte sie an den Türrahmen und trat ein, nachdem Dr. Koch ihr mit einer Handbewegung bedeutet hatte einzutreten.

„Schwester Hildegard, was verschafft mir die Ehre Ihres frühen Besuches? Bis zur morgendlichen Visite ist es doch noch ein Weilchen hin", sagte er.

„Nun, es geht um den alten Mann aus Zimmer 7", antwortete sie.

„Sie meinen Herrn Kagenbusch?", vergewisserte sich Dr. Koch.

„Genau!", bestätigte Schwester Hildegard.

„Worum geht es denn?", fragte der Arzt.

„Nun er hat mir heute morgen gar nicht gefallen. Er sah sehr blass aus und als ich ihn aufgeweckt habe, damit er sein Frühstück zu sich nehmen kann, da war er zunächst ein wenig orientierungslos!", sagte die Krankenschwester. „Können Sie denn nichts für ihn tun?"

„Ich fürchte, nein!", antwortete Dr. Koch. „Sehen Sie, sein Lungengewebe ist nicht nur schwer geschädigt, sondern stark zerstört. Der Körper kann einen solch schweren Schaden nicht mehr selbst reparieren und ein Kraut ist auch nicht dagegen gewachsen. Das einzige was wir tun könnten wäre die Gabe von Morphium, aber das hat er ja mehrfach abgelehnt."

„Ja, weil er unbedingt einen klaren Kopf behalten will, um Ferdinand weiter aus seinem blöden Buch vorzulesen!", sagte Schwester Hildegard, die nicht so sehr auf den alten Mann wütend war, als darüber, dass man nichts mehr für ihn tun konnte!

„Lassen Sie dem Alten doch seinen Wunsch – vielleicht ist es sein letzter!", sagte Dr. Koch.

Schwester Hildegard nickte zustimmend, weil sie wusste, dass der Oberarzt recht hatte.

„Das einzige, was Sie sonst noch tun können, ist für ihn da zu sein, falls er etwas braucht und in seiner

68

letzten Stunde seine Hand zu halten, falls es während ihres Dienstes geschieht ..."

„Danke, Dr. Koch, dass Sie mir zugehört haben. – Und Danke für ihre Ratschläge", sagte sie traurig.

„Jederzeit gerne!", sagte Dr. Koch und lächelte Schwester Hildegard an, bevor diese den Raum verließ.

## Der Moseler Bergwerks- und Hüttenverein

Das Frühstück hatte ihm geschmeckt – ganz besonders der Bohnenkaffee – und auch die Morgentoilette hatte er mit einiger Anstrengung hinter sich gebracht. Jetzt freute sich Peter Kagenbusch darauf, seine Lebensgeschichte weitererzählen zu können. Eigentlich wollte er damit bereits viel weiter fortgeschritten sein, aber er war gestern so müde gewesen, dass er andauernd geschlafen und dadurch viel Zeit verloren hatte!

Heute war der 1. August, wenn er nicht irrte. Ein Blick auf Ferdi zeigte ihm, dass dieser wie immer bereit für die Fortsetzung seiner Erzählungen war.

Der Alte nahm sein Buch, setzte seine Brille auf die Nase und schlug die Stelle auf, an der sie gestern stehen geblieben waren und die er mit einem Eselsohr markiert hatte.

„Gestern Abend hatten wir die ‚anglo-waldeckische Bergwerksgesellschaft' abgewickelt, korrekt?", fragte Kagenbusch zu Beginn.

„Genauso ist es!", nickte Ferdi zustimmend.

69

„Nun im Anschluss daran – also Ende 1855 – zog ich mit meiner Familie erst einmal wieder zurück nach Düsseldorf. Dort kannten wir noch ein paar Leute von früher, die uns vielleicht behilflich sein konnten. Da wir außerdem in einen anderen Stadtteil zogen, kannte keiner der Nachbarn meine Vergangenheit!", begann der Alte zu erzählen.

„Darüber hinaus gab es dort genügend gut betuchtes Klientel, dass Sie möglicherweise für ein neues Projekt gewinnen konnten!", ergänzte Ferdi.

„Das war auch meine Hoffnung gewesen, erwies sich jedoch als nicht so einfach!", gab Kagenbusch zu. „Es dauerte über ein Jahr, bis ich bei einem Treffen von Geschäftsleuten die entscheidende Bekanntschaft machte!"

„Wen lernten Sie kennen?", fragte Ferdi neugierig.

„Es war Dietrich Albrecht Geeh, seines Zeichens Sekretär und Kassierer der Leih- und Commerzbank zu Kassel, aber dazu später mehr", beantwortete Kagenbusch die Frage.

„Und bei welchen Geschäften half er ihnen, respektive wo verschlug es Sie hin?", war Ferdi ganz ungeduldig.

„Nun, junger Freund, es wurde an der Mosel nach meiner Expertise als Bergwerksdirektor verlangt!", sagte der Alte großspurig.

„Wieso das? Das Projekt in Waldeck war doch nicht erfolgreich verlaufen!", meinte Ferdi.

„Das schon, aber ich selbst war ja auch nur ein Opfer der widrigen Umstände gewesen. Ich hatte alles menschenmögliche für den Erfolg getan, Arbeiter eingestellt, Maschinen angeschafft, positive Gutachten bezüglich der Mineralvorkommen vorgelegt, war bis nach London gereist – lediglich der unvorsehbare Bankrott der britischen Geschäftspartner hatte unser vielversprechendes Projekt mangels weiterer Liquidität zum Erliegen gebracht!", log der Alte, dass sich die Balken bogen.

„Und diese Liquidität bot Ihnen jetzt Herr Geeh aus Kassel?", wollte Ferdi wissen.

„Exakt!", antwortet Johann Peter Kagenbusch.

„Aber warum hat er Ihnen dann nicht vorgeschlagen, das halbfertige Projekt in Waldeck wiederaufzunehmen und mit seinem Kapital zu unterstützen. Das wäre doch auch viel näher an Kassel gewesen als die Mosel!", fragte Ferdinand.

„Nun, diesen Vorschlag hat er mir auch gemacht!", gab der Alte mit einem Lächeln zu.

„Und warum wurde dann doch nichts daraus?", fragte Ferdi irritiert.

„Ganz einfach, weil die zu erwartende Rendite an der Mosel wesentlich höher war als im Waldecker Land!", sagte der alte Mann mit einem breiten Grinsen im Gesicht.

„Eine Rendite, die natürlich einzig und alleine auf Ihrer persönlichen Einschätzung beruhte, nehme ich an!", sagte Ferdinand.

„Darauf und auf meiner Expertise als Bergwerksdirektor!", ergänzte Kagenbusch.

71

„Meine Güte, Sie waren wirklich mit allen Wassern gewaschen, das muss Ihnen der Neid lassen!", sagte sein junger Zimmergenosse anerkennend.

„Wie gesagt, mein junger Freund, man muss nur die Knöpfe kennen, die man bei den Leuten drücken muss und bei einem Bänker steht da eben ‚Rendite‘ drauf. Wenn man dann seine Projekte noch möglichst kompliziert und mit dem nötigen Nachdruck darlegt und sich nicht aus der Ruhe bringen lässt, dann hat man sein Gegenüber meist schon ‚im Sack‘! Ab und zu gibt es Leute, die auch mal skeptisch nachfragen, aber wenn man bei seiner Linie bleibt und den anderen vielleicht sogar noch attackiert, dann traut sich eigentlich niemand mehr, noch ein zweites Mal nachzuhaken!", sagte der Alte.

Ferdinand war überrascht, wie leicht man anscheinend andere täuschen konnte.

„Dann hat es sie also an die Mosel verschlagen?", fragte er.

„Jawohl und zwar nach Bernkastel an der Mittelmosel", sagte Peter Kagenbusch. „Dort gab es Bergwerke, die noch bis ins 19. Jahrhundert hinein betrieben worden waren, inzwischen aber brach lagen, hauptsächlich wegen eindringendem Wasser. Ich konnte Geeh und seine Kollegen in Kassel davon überzeugen, dass man dort lediglich die neuesten technischen Methoden einsetzen müsse, um ganz außerordentliche Gewinne zu erzielen. Die Ergiebigkeit der dortigen Erzvorkommen hätten die von mir beauftragten Analysen in renommierten Instituten bereits bestätigt, nun ginge es nur noch darum, genügend Startkapital zur Verfügung zu stellen, um den Bergbau in Bernkastel wieder zum Leben zu erwecken und zu einem gewinnbringenden Betrieb zu führen!"

„Und genügend Startkapital hatten man in Kassel, nehme ich an!", meinte Ferdi.

„Bei der von mir avisierten Rendite war die Höhe der zur Verfügung stehenden Mittel gewissermaßen ‚unbegrenzt'!", bestätigte der Alte die Vermutung seines Bettnachbarn.

„Wann sind Sie dann nach Bernkastel gegangen?", fragte Ferdi.

„Das war im Frühjahr 1857", sagte Peter Kagenbusch. „Ich weiß nämlich noch, dass ich abwarten musste, bis der Winter vorüber und die Stollen wieder einigermaßen befahrbar wären."

Ferdinand musste schmunzeln.

Der Alte fuhr fort zu erzählen:

„Der Anfang in Bernkastel verlief gut. Ich mietete für meine Familie und mich ein kleines Haus und wir lebten uns schnell ein. Man freute sich ‚den Herrn Bergwerksdirektor' in der Stadt begrüßen zu dürfen und darauf, dass er den Bergbau wieder in Schwung und neue Arbeitsplätze und Geld in die Stadt brächte! Auch hier war man nur zu gerne gewillt, mir Kredit zu gewähren, denn es war ja nur natürlich, dass zunächst eine gewisse Durststrecke zu überwinden war, bevor die Gewinne so richtig sprudeln würden. Außerdem hatte ich ja die ‚Leih- und Commerzbank zu Kassel' hinter mir stehen – ein Bankhaus, dass bereits 1721 gegründet worden war – so dass es sich bei meinem Projekt nur um ein durch und durch seriöses Unterfangen handeln konnte!"

„In Bernkastel hat also auch niemand den Schwindel bemerkt?", wollte Ferdinand wissen.

„Ich muss zugeben, dass es eine kritische Situation gab, wo ich damals dachte, dass ich auffliegen könnte. Es gab einen Kaufmann namens Wichterich, bei dem ich anfangs alle Einkäufe für meine Familie und die damaligen Angestellten des ‚Moseler Bergwerks- und Hüttenvereins' anschreiben ließ. Irgendwann wollte er sich nicht mehr vertrösten lassen und nachdem eine von ihm gesetzte letzte Frist verstrichen war, hat der unverschämte Kerl doch tatsächlich eine Bekanntmachung in der lokalen Zeitung veröffentlichen lassen! Hier, ich habe die kleine Anzeige aus der ‚Bernkasteler Zeitung' damals ausgeschnitten. Sie lautete:

*Herr Bergwerks-Besitzer und Director Peter Kagenbusch wird hiermit aufgefordert, seinen Zahlungs-Verbindlichkeiten gegen mich nachzukommen.*

*Bernkastel, den 17. Juni 1857. T. J. Wichterich.*

Diese Anzeige hat der unverfrorene Mistkerl vier Wochen hintereinander veröffentlichen lassen! Ich hatte keine andere Wahl, als mir das Geld, das ich ihm schuldete, woanders zu leihen, um meine Schulden bei ihm begleichen zu können."

„Er ist Ihnen also nicht auf den Leim gegangen!", stellte Ferdinand fest.

„Nein! Er war zwar auch ein Geschäftsmann, hatte allerdings seinen gesunden Menschenverstand noch nicht verloren und wurde relativ schnell misstrauisch", gab Kagenbusch zu.

„Gab er sich mit der Begleichung der Schulden zufrieden?", wollte Ferdinand wissen.

„Ja, seine Ansprüche waren ja vollumfänglich befriedigt worden!", sagte der Alte. „Ich habe ihm allerdings noch eine ‚reingewürgt' – will heißen, dass ich die Rückzahlung meiner Verbindlichkeiten auch durch eine Annonce in der ‚Bernkasteler Zeitung' verlautbaren ließ!"

Ferdinand musste lachen, während der alte die nächste Seite seines Buches aufschlug.

„Hier haben wir auch diese Annonce", sagte er zu Ferdi. „Sie lautete:

*Dem verehrlichen Publikum hiermit zur Nachricht, daß heute dem Kaufmann T. J. Wichterich sein bedeutendes Guthaben an der Bernkasteler Gewerkschaft, was er zwar an Herrn Peter Kagenbusch beansprucht hat, mit 37 Thalern 21 Silbergroschen 3 Pfennige inclusive Zinsen und Kosten bezahlt wurde.*

*Bernkastel, den 20. Juli 1857.*

*Für die Bernkasteler Gewerkschaft, F. Caesar.*"

Peter Kagenbusch sah sich die kleine Anzeige noch einmal an und sagte: „Jetzt erinnere ich mich wieder: die Annonce wurde am 21. Juli veröffentlicht und einen Tag später brach in Bernkastel der erste von insgesamt sieben Bränden in jenem Jahr aus. Ein gewisser Meistermann – nein, Meisterburg – hatte die Brände gelegt und konnte erst nach Monaten verhaftet werden! Ich kann Dir sagen, da war vielleicht etwas los in der Stadt – letztendlich hatte der Kerl durch seine Zündelei über 100 Gebäude zerstört respektive beschädigt! Nun ja, meine eigenen Geschäfte erhielten dadurch während jener Zeit deutlich weniger Beachtung und das kam mir natürlich zu Gute."

„Dann waren Sie also nicht der einzige schlechte Mensch in Bernkastel, wie mir scheint", sagte Ferdi und der Alte nickte zustimmend.

Peter Kagenbusch fuhr fort zu erzählen:

„Ich möchte noch einmal zurückkommen auf die ‚Leih- und Commerzbank' in Kassel. Ich hatte den bereits erwähnten Herrn Geeh auf die glorreichen Moselbergwerke aufmerksam gemacht. Allerdings hatte er keine Ahnung, wer außer mir die übrigen Mitbesitzer waren und außerdem kannte er nicht das Verhältnis ihrer Anteile und Berechtigungen. Auf den Gruben lasteten noch Pfandrechte im Betrag von 12,000 Taler, wovon Herr Geeh genauso wenig wusste, wie davon, daß ich und die weiteren Besitzer der Bernkasteler Gruben den Vorbesitzern noch 30,000 Taler Restkaufgelder schuldeten, wegen deren jederzeit die linksrheinische Resiliationsklage erhoben und dadurch auch der Leihbank jegliches Recht an ihren Kuxen entzogen werden konnte.

Herr Geeh kannte ferner nicht die Mächtigkeit und Bauwürdigkeit der Gruben und eben sowenig hatte er es für der Mühe wert gehalten, sich nach dem Zustand derselben in bergmännisch-technischer Beziehung zu erkundigen. Mit einem Wort, Herr Geeh hatte eben nur davon läuten hören, daß bei diesen

Bergwerken etwas zu machen sei, und ich hatte ihm dies glaubwürdig versichert.

Zudem wurde ja in unserem Vertrag geregelt, daß die Leihbank die gezahlten 36,000 Taler nach fünf Jahren mit 6 Prozent Zinsen zurück erhalten sollte. Die Werke waren nämlich ,so ungeheuer reich', daß eine Rückzahlung der lumpigen 36,000 Taler samt Zinsen gar nichts ausmachten. Es kam nur darauf an, zunächst das nötige Kapital zur richtigen Inangriffnahme zu beschaffen, und dazu war ja die Leihbank im Stande.

Anschließend würde dann Alles von selbst fließen. Einen Beweis hierfür gab die Schätzung des damaligen Betriebsdirektors, der einen jährlichen Reinertrag von 500,000 bis 600,000 Taler zugesichert hatte. Der Betriebsdirektor musste sein Geschäft schließlich verstehen, denn er erhielt, obwohl erst 21 Jahre alt und direkt von der Universität Bonn noch vor Vollendung der Studien nach Bernkastel berufen, ein jährliches Gehalt von 2000 Taler, freie Wohnung und standesgemäßen Unterhalt, Equipage, Bureaukosten, Reisekosten, Pension für Witwe und Kinder und 10 Prozent vom Reinertrag, sobald derselbe 100,000 Taler jährlich überstieg. Das leuchtete Herrn Geeh natürlich ein und er pries laut bei Herrn von Meyer sein gutes Glück, denn nun würden alle Sorgen ein Ende haben. Daß Herrn Geeh zugleich als Mitglied des Verwaltungsrats – der freilich damals noch gar nicht bestand – ein jährliches Gehalt von 2000 Talern zugesichert wurde, konnte ihm natürlich den Geschmack an der Sache nicht verleiden. Und so hat die Leihbank den Köder geschluckt!

Allerdings hatte sich der Betriebsdirektor ein klein wenig geirrt. In der Zeit vom 1. März bis 1. August hatte er statt des versprochenen monatlichen Reinertrags von 50,000 Taler einen Verlust von etwa 7000 Taler erwirtschaftet, und auf dem zu Kreuznach im Juli abgehaltenen Gewerktag gab es daher einigermaßen lange Gesichter!

Zum Glück konnte ich den Gewerken aus der Verlegenheit helfen. 50,000 Taler monatlich, die konnte ich als seriöser Mann nicht zahlen, aber 4000 Taler monatlich, die sollten kein Problem sein. Außerdem würde ich noch die Abgaben und Betriebskosten allein bestreiten, auch die bestehenden Schulden gegenüber den Vorbesitzern alleine tilgen, und die an die Leihbank auch! Der Betriebsdirektor und Herr Geeh sollten ihr jährliches Gehalt von 2000 Taler selbstverständlich behalten!

Dafür sollte mir die Gewerkschaft lediglich für zwei Jahre den alleinigen Betrieb der Bergwerke überlassen. Dieser Vorschlag leuchtete den Herren ganz außerordentlich ein, war es doch ein durch und durch solider Vorschlag. Der Vertrag kam natürlich zu Stande und nannte sich Kreuznacher Cessionsvertrag. Alles in Allem veranschlagt, übernahm ich die Zahlung von etwa 132,000 Taler für die nächsten zwei Jahre, ganz abgesehen von den Betriebskosten und Abgaben. Dies zu schultern hätte natürlich einen sehr bedeutenden Fond vorausgesetzt. Allerdings war ich momentan wegen der ganzen Erschließung des Bergwerkes etwas knapp bei Kasse, aber die Leihbank hatte Geld und mit deren Geld wollte ich wohl wirtschaften!"

78

„Verstehe ich Sie richtig?", fragte Ferdinand. „Sie haben von der Bank Geld geliehen, mit dem Sie die laufenden Kosten und die Gewinnausschüttung an die Bank bestreiten wollten? Die Bank hat also ihre Gewinne quasi selbst finanziert!"

„Du bist ein schlaues Kerlchen, Ferdinand!", sagte der alte Mann mit einem diebische Grinsen im Gesicht.

„Nicht schlecht, oder!", freute sich der Alte. „So konnte ich für's erste in Ruhe wirtschaften und das tat ich auch!"

Ferdinand konnte es nicht glauben, mit welcher Dreistigkeit Kagenbusch zu Werke gegangen war, aber viel unglaublicher war eigentlich das stümperhafte Verhalten der Bank gewesen!

Während Ferdi sich noch innerlich aufregte, schaute der alte Mann in sein Buch, wie die Geschichte weiterging.

„Hier habe ich die nächste Annonce!", sagte er. „Das war im August 1858. Sie lautete:

*Glanzerze bester Qualität, sind stets in großen und kleinen Quantitäten, auf unseren Werken in Tiefenbach bei Bernkastel und Kautenbach bei Trarbach, zu den früheren Preisen zu haben.*

*Bernkastel, den 12. August 1858.*

*Peter Kagenbusch, Repräsentant und Direktor des Moseler Bergwerks- und Hütten-Vereins."*

„Ich dachte, Sie waren in Bernkastel", hakte Ferdi nach, warum heißt es in der Anzeige dann „Tiefenbach?"

„Nun, Tiefenbach ist in diesem Fall kein Ort, sondern wirklich nur ein Bach, der vom Hunsrück aus in Bernkastel in die Mosel mündet. Das Bernkasteler Bergwerk lag an diesem Bach in einem Felsmassiv, in das sich der Tiefenbach über viele tausend Jahre hinweg eingeschnitten hatte. Und wo Du schon danach fragst: Kautenbach wiederum ist nicht nur ein Bach, sondern der Name eines kleinen Ortes im Hunsrück, der oberhalb der Stadt Trarbach liegt. Das interessante daran war, dass der Bach den Ort auch in zwei Konfessionen teilte – eine katholische und eine protestantische. Früher gab es dort auch eine Papiermühle", führte der Alte aus.

„An der Mosel haben Sie demnach auch die gewonnenen Erze verkauft, aber nicht wie in Waldeck – angeblich – an einen festen Abnehmer in London, sondern generell per Zeitungsannonce?", wunderte sich Ferdi.

„Das war die einzige Möglichkeit, Bernkastel war ein logistischer Albtraum! Von der Mosel abgesehen gab es keinerlei physische Infrastruktur in dem Nest! Es gab weder eine Brücke über den Fluss, noch einen Eisenbahnanschluss. Die Mosel war außerdem nur ungefähr die Hälfte des Jahres schiffbar, denn im Winter war sie oft zugefroren, oder treibende Eisschollen beziehungsweise Nebel behinderten die Schifffahrt. Die beiden nächstgelegenen und einzigen Brücken über die Mosel befanden sich damals in Trier und Koblenz und die hatten noch die Römer gebaut! Im angrenzenden Hunsrück war es noch schlimmer. Es führte nur ein schmaler Weg von Bernkastel aus dorthin, der zum Teil so stark anstieg, dass der Transport schwerer Lasten kaum machbar war. Außerdem hatte der Hunsrück natürlich auch keinen Anschluss an die Eisenbahn und im Winter lag der Schnee dort meterhoch! Man könnte also sagen, dass Bernkastel quasi im Niemandsland lag!", sagte Kagenbusch.

„Aber warum sind Sie dann ausgerechnet dorthin gegangen?", wollte Ferdi wissen.

„Na wegen der einzigartigen Rendite!", sagte der Alte und lachte laut. „Außerdem konnte ich die schlechte Verkehrsanbindung bestens als Ausrede für jegliche Verzögerung heranziehen!"

„Haben Sie denn überhaupt Erze verkauft?", wunderte sich Ferdinand.

„Sagen wir mal so", begann der Alte seine Rede. „Die meisten Erze habe ich nach Kassel an meine Freunde von der Leih- und Commerzbank verschickt! Gelegentlich eine Kiste neuentdeckter Nickelerze als Probe der großartigen Grubenreichtümer, einmal auch eine prächtige Stufe Silbererz, denn unter meiner Leitung hatte man natürlich in dem neuen Stollen auch reiches silberhaltiges Gestein gefunden!"

„Damit haben Sie die Bänker bei Laune gehalten!", erkannte Ferdinand.

„Richtig!", gab der Alte zur Antwort.

„Die Erze waren vermutlich wertlos, aber keiner der Bänker in der Lage, das zu erkennen, nehme ich an", sagte Ferdi.

„Nun ja", sagte Kagenbusch, „das Nickelerz erwies sich bei einer späteren Untersuchung – nachdem der Schwindel aufgeflogen war – als Schwefelkies."

81

„Und die Silberstufe?", fragte Ferdi.

„Die war natürlich echt!", verteidigte sich der Alte, um auf den zweifelnden Blick Ferdis hin zu ergänzen: „Allerdings hatte sie die Bernkasteler Gruben nie gesehen! Ich hatte sie mir von wo anders her besorgt."

„Und der neue Stollen ...", fragte Ferdi vorsichtig.

„Einen neuen Stollen anzulegen, ist mir nie eingefallen", gab der Alte ehrlich zu.

„Demnach hat niemals jemand aus Kassel in Bernkastel nach dem Rechten geschaut oder einen Kontrolleur vorbeigeschickt?", sagte Ferdinand ungläubig.

„Wie gesagt, die Stadt war verkehrstechnisch nur schwer zu erreichen. Warum sich also diese Mühe machen, wo doch vor Ort alles lief wie am Schnürchen?", sagte Peter Kagenbusch und fing aus vollem Hals an zu Lachen.

Ferdi schüttelte nur den Kopf über die unglaubliche Dreistigkeit, die der Alte vor 30 Jahren an den Tag gelegt hatte – begünstigt natürlich auch durch die kaum zu glaubende Schlamperei der Kasseler Bänker, was die Kontrolle des Bergbauprojektes anging.

Kagenbuschs Lachen ging in Husten über, der stärker und stärker wurde und sich nicht wieder beruhigen wollte. Er bekam kaum Luft und noch bevor er es schaffte sein Taschentuch zur Hand zu nehmen, hustete er einen großen Schwall Blut auf sein Bettzeug!

Ferdinand erschrak. „Schwester, Schwester!", rief er. „Bitte kommen Sie schnell!"

Es dauerte nicht lange und Schwester Hildegard stand in der Tür und sah das Malheur.

„Um Gottes Willen!", sagte sie, dann lief sie den Flur runter, um Dr. Koch zu holen.

Als beide wieder auf Zimmer 7 ankamen, hatte sich der Alte etwas beruhigt. Durch das Abhusten des Blutes bekam er wieder besser Luft. Er war in sein Kissen zurückgesunken und atmete flach.

„Schwester, machen Sie Herrn Kagenbusch bitte einen warmen Brustwickel und wechseln Sie anschließend sein Federbett", ordnete Dr. Koch an. „Ich werde ihm in der Zwischenzeit ein wenig Morphium spritzen, das wird ihn beruhigen."

Der Alte winkte mit beiden Händen ab und sagte mit schwacher Stimme: „Nein, das will ich nicht, dann bin ich nicht mehr bei klarem Verstand."

„Aber Sie hätten keine Schmerzen mehr und könnten vermutlich auch besser atmen", sagte Dr. Koch.

Peter Kagenbusch winkte ab.

„Sind Sie sicher, dass Sie kein Morphium wollen?", fragte Dr. Koch zur Sicherheit nach.

Der Alte nickte.

„Gut,", sagte Dr. Koch, „es ist ihre Entscheidung! Dann kann ich nichts weiter für Sie tun."

Er wandte sich Ferdinand zu und sagte: „Rufen Sie uns, falls er es sich anders überlegt, oder sonst etwas braucht!"

„Selbstverständlich", sagte Ferdinand.

„Danke!", sagte Dr. Koch und verließ das Zimmer.

# Bernkastel

Ferdinand musste erst einmal zur Ruhe kommen. Mitanzusehen wie ein Mensch beinahe starb, das hatte ihn aufgewühlt. Nicht das ihm der Tod nicht schon häufiger begegnet wäre – alleine seine eigene Arbeit unter Tage barg ein großes Risiko dem grimmigen Menschenmäher mit seiner Sense zu begegnen, das hatte ihm sein eigener Unfall vor kurzem erst drastisch vor Augen geführt. Hier im Krankenhaus, wo vermutlich auch jeden Tag Patienten verstarben, hätte man annehmen können, dass es sich ähnlich verhielt. Der Blutsturz bei dem Alten war jedoch aus dem Nichts gekommen, gewissermaßen mitten während des Gesprächs – so etwas hatte Ferdi noch nie erlebt!

Er musste sich irgendwie ablenken und durfte nicht pausenlos auf den erschöpften Körper in dem benachbarten Krankenbett starren.

Wovon hatte der Alte zuletzt berichtet, überlegte Ferdinand. Richtig, über den Beginn seiner Zeit in Bernkastel an der Mosel! Ferdi war selbst nie dort gewesen, nicht einmal an der Mosel selbst und vermutlich war das nicht verwunderlich, denn Kagenbusch hatte ja darüber berichtet, wie schlecht man den Ort – zumindest vor 25 Jahren – erreichen konnte. Ferdinand meinte sich aber zu erinnern, das ihm sein Onkel erzählt hatte, dass es dort inzwischen eine Brücke über den Fluss gab. Wenn er es richtig im Gedächtnis hatte, war es sogar die erste Brücke gewesen, die man seit der Römerzeit über die Mosel gebaut hatte.

Sein Onkel war vor ein paar Jahren anlässlich einer Geschäftsreise einmal in Bernkastel gewesen. Onkel Edmund war ein Bruder von Ferdinands Mutter. Er war Kaufmann und Weinhändler und relativ wohlhabend. Ein bis zweimal pro Jahr ging er selbst auf Reisen, um Wein einzukaufen. Er sagte immer, es sei besser die Gewächse vor Ort zu verkosten, bevor man ein oder gar mehrere Fässer einkaufte – diese Aufgabe überließ er ungern anderen. Meistens kaufte sein Onkel sogenannte Fuderfässer die circa 1000 Liter Wein fassten. Je nach Bedarf und Nachfrage verkaufte er diese anschließend direkt weiter oder füllte sie in kleinere Fässer ab.

Auf einer jener Reisen war Onkel Edmund vor ein paar Jahren an die Mosel gereist und dabei auch in Bernkastel gewesen, erinnerte sich Ferdinand. Er war damals wohl mit dem Schiff auf dem Rhein nach Koblenz und von dort aus mit dem täglich verkehrenden Dampfboot nach Trier gefahren. Unterwegs hatte er ein paar Aufenthalte eingelegt, um seine Lieferanten zu besuchen und Geschäfte mit ihnen zu machen. Er bezeichnete die Fahrt als sehr angenehm, denn bei dem gemächlichen Tempo, das der Dampfer gegen den Strom an den Tag legte, konnte man bei schönem Wetter bequem an Deck sitzen und dabei zusehen, wie die einzelnen, an der Mosel gelegenen Dörfer an einem vorbeizogen. Es spielte sich noch viel mehr Leben am Fluss ab, als in Düsseldorf, wo sein Onkel wohnte. Kühe tranken Wasser, Frauen wuschen ihre Wäsche, Fischer warfen auf dem Nachen stehend ihre Netze aus, in der Hoffnung ein paar Fische zu fangen und die Lastkähne entluden ihre Fracht am Ufer. Der Onkel hatte gesagt: „An der Mosel ist es noch so wie bei uns vor 30 oder 40 Jahren!"

Eine der Stationen, an denen sein Onkel damals einen Aufenthalt einlegte, war Bernkastel gewesen. Dort wollte er zwei oder drei Winzer besuchen und ihren Wein verkosten. Bis dato hatte er von dort noch keinen Wein im Sortiment gehabt.

Onkel Eduard hatte seinem Neffen Ferdinand auch den Namen des Hotels genannt, in dem er abgestiegen war. Es war irgendwas aus der Bibel gewesen, das im Zusammenhang mit Christi Geburt stand ...

Ferdi überlegte kurz und dann fiel ihm der Name wieder ein: „Hotel zu den Drei Königen"! Es lag in einer Seitengasse quer zur Mosel oberhalb einer Brauerei. Daran konnte sich Ferdi noch erinnern, weil sein Onkel erzählt hatte, dass er überrascht war den Geruch von frisch gebrautem Bier in einem Ort zu riechen, der hauptsächlich vom Weinbau lebte!

Seinem Onkel hatte es ganz gut in Bernkastel gefallen, wenn Ferdi sich richtig an dessen Erzählungen erinnerte. Die Leute dort seien zwar recht spießig gewesen und besser gegessen habe er an anderen Orten an der Mosel auch, aber der Wein habe ihm geschmeckt, so dass er letztendlich 3 Fuderfässer gekauft hatte, die in den nächsten Wochen nach Düsseldorf verschifft werden sollten.

Was nach den Worten seines Onkels auf dieser Reise entlang der Mosel einzigartig gewesen sei, sei die schöne Lage von Bernkastel gewesen. Es schmiegte sich in ein enges Seitental des Hunsrücks, das ein Bach im Laufe der Zeit gegraben hatte. Ringsum war die Stadt von Weinbergen umgeben und auf den Spitzen der Hügel wuchs der Wald – alles war herrlich grün, soweit das Auge reichte! Über allem thronte die Ruine einer Burg. Auch das gegenüberliegende Moselufer war hübsch anzuschauen gewesen. An der neuen Moselbrücke lag ein mehr als 400 Jahre altes ehemaliges Hospital, das von großen Ländereien umgeben war, die als Streuobstwiesen, Äcker oder Weingärten genutzt wurden. Das Dorf lag rund einen halben Kilometer entfernt und dazwischen hatten sich ganz vereinzelt einige schöne Villen angesiedelt.

Diese Eindrücke hatte sein Onkel zwar rund 20 Jahre nach Kagenbuschs Aufenthalt in Bernkastel gewonnen, aber Ferdinand konnte es sich schon vorstellen, dass es dem Alten dort gefallen hatte.


## Der Geburtstag

Peter Kagenbusch hatte zwei Stunden geschlafen und sich von seinem Blutsturz halbwegs erholt. Er hatte sein Krankenhemd komplett durchgeschwitzt und Schwester Hildegard, die von Ferdinand hinzugerufen worden war, half dem alten Mann dabei das Hemd zu wechseln. Anschließend brachte sie ihm noch eine Tasse mit warmen Tee und Honig und legte ihm darüber hinaus einen warmen Wickel auf die Brust. Ihre Frage nach einer Verabreichung von Morphium beschied er abschlägig – er wollte und musste bei klarem Verstand bleiben.

„Aber das Sie mir nicht wieder so viel erzählen!", ermahnte ihn die Krankenschwester. „Das ist für Ihre Lunge gar nicht gut!"

Der Alte nickte, als wenn er ihre Worte ernst nehmen und sich schonen würde, wollte aber in jedem Fall seine Lebensgeschichte zu Ende erzählen – koste es was es wolle!

Als die Schwester das Krankenzimmer verlassen hatte, trank er zunächst seinen Tee in kleinen Schlucken aus. Zusammen mit dem warmen Wickel auf seiner Brust tat ihm dies gut.

Nachdem er die Tasse abgestellt hatte, nahm er wieder Buch und Brille hervor.

Ferdinand, der das sah, sagte: „Wäre es nicht besser auf Schwester Hildegard zu hören und sich zu schonen?"

„Junger Freund, dafür bleibt mir keine Zeit mehr!", sagte der Alte. „Sie haben doch vorhin gesehen, wie es um mich steht. Das Einzige, was mir noch am Herzen liegt, ist, Ihnen meine Geschichte zu Ende zu erzählen. – Wollen Sie mir diese letzte Freude gönnen?"

Ferdinand erkannte, wie wichtig dem Alten, der hier im Krankenhaus ganz alleine lag, ohne Besuch von Familie und Freunden erhalten zu haben, die Sache war. Dementsprechend nickte er ihm zu, als Zeichen, dass er seine Geschichte fortsetzen solle.

Peter Kagenbusch setzte seine Brille auf und blätterte in seinem Buch bis er das letzte Eselsohr erreichte.

„Richtig!", sagte er, „wir waren immer noch in Bernkastel."

Er schaute die Annoncen aus der „Bernkasteler Zeitung" durch, die er sich vor über 25 Jahren ausgeschnitten hatte.

„Genau, die Anzeige über den Verkauf der geförderten Glanzerze hatten wir heute morgen schon. Als nächstes kommt eine meiner allerliebsten Erinnerungen!", sagte der Alte.

Er machte eine kleine Pause und betrachtete den Zeitungsartikel beinahe andächtig. Ein verklärtes Lächeln bemächtigte sich für einen Augenblick seiner Gesichtszüge, dann fuhr er fort:

„Es war mein Geburtstag – der 4. September 1858. Einen Tag später veröffentlichte die ‚Bernkasteler Zeitung' folgenden liebreizenden Artikel:

*Nachdem durch den Bergwerks-Direktor Herrn Kagenbusch hierselbst, nach Überwindung ungewöhnlicher Schwierigkeiten und nicht vorherzusehender Widerwärtigkeiten und Hindernisse, mit ungewöhnlicher Ausdauer und Sach- und Geschäftskenntnis der hiesige Bergbau sicher gestellt worden und eine Ausdehnung genommen hat, die zahlreichen Familien Arbeitsverdienst dauernd verschafft und Nahrungssorgen für die Zukunft ferne hält, hat die Knappschaft die Gelegenheit des heutigen Geburtsfestes ihres Herrn Directors als die passendste Veranlassung wahrzunehmen geglaubt, ihren Gefühlen des Dankes und der Verehrung für denselben Ausdruck zu geben:*

*Deswegen brachten sämtliche beim Bergwerke beschäftigten Beamten und Bergleute gestern Abend, mit ihren Grubenlichtern versehen, ihrem Director ein großes Glück dar, bei welchem meh-*

89

rere hundert Arbeiter versammelt waren und dies dadurch sich am vorteilhaftesten auszeichnete, daß auch nicht die geringste Unordnung, weder bei diesen, noch bei dem zahlreich versammelten Publikum vorfiel.

In der Rede, welche der älteste Steiger Herr Velten hielt und an deren Ende die Knappschaft dem Herrn Director einen sinnig verzierten, sehr schön gearbeiteten silbernen Pokal als Zeichen des Dankes und der Anhänglichkeit verehrte, wird besonders das segenreiche, humane Wirken desselben hervorgehoben und am Ende ein volles mit Musik begleitetes ,Glück auf' dem Manne gebracht, in welchem die zahlreichen Arbeiter eine Gewährleistung erblicken für ihre Existenz und für die Zufriedenheit ihrer Familien.

Am Ende wünschten sie lange Fortdauer dieses Wirkens, Segen und Glück dem Bergbau und dessen Repräsentanten und diesem Wunsche reihten sich gewiß viele der Zuschauer an, weil dessen Fortdauer neue Nahrungspunkte der hiesigen Stadt eröffnet und die Persönlichkeit des Directors ihn der Liebe und Achtung des Publikums wert machte.

Mittlerweile hatte die Knappschaft das Büreau ihres Chefs sinn- und geschmackvoll verziert und die dort versammelten näheren Freunde desselben machten ihn, der seine Überraschung über so bedeutungsvolle und aufrichtige Zeichen der Lieben der Knappschaft nicht verbergen konnte, auf das in einem Transparente ausgedrückte Gefühl aufmerksam, welches ,Dem Verdienste seine Krone' lautete.

90

*Frohes heiteres Zusammensein schloss den sinn-
reichen Abend.*"

„Mann, oh Mann!", sagte Ferdinand vorwurfsvoll,
„Die Leute haben Ihnen blind vertraut!"

„Ja, und ich habe sie enttäuscht, genauso wie alle
anderen Personen in meiner Umgebung im Laufe der
Zeit!", gab der alte Mann ehrlich zu. Er wirkte geknickt, aber das von ihm begangene Unrecht war
nicht mehr zu ändern.

„Die Bernkasteler waren in puncto ‚Vertrauen' aber
nicht die Einzigen", fuhr Kagenbusch fort. „Hier die
nächste Anzeige aus der ‚Bernkasteler Zeitung' hat
denselben Tenor! Diesmal waren die Arbeiter aus
Monzelfeld mit von der Partie."

Peter Kagenbusch erklärte Ferdinand, dass Monzelfeld ein Dorf sei, das gleich oberhalb von Bernkastel
auf dem Hunsrück liegt und in dem man schon vor
mehreren Jahrhunderten Bergbau betrieben hatte.

Der Alte las seinem Bettnachbarn vor:

*Monzelfeld, den 24. Januar 1859. Gestern wurde
hier das Fest des heiligen Sebastian, Schutzpa-
tron der Knappschaft, in einer noch nie geschehe-
nen Weise gefeiert. Sämtliche Bergleute unter der
Direktion des Herrn Kagenbusch – über 300 – kamen festlich gekleidet in ihren Uniformen von
Bernkastel und rückten um 10 Uhr hier ein mit
Fahnen und Kerzen und mit Musik-Begleitung.
An der Spitze des musterhaften Zuges befanden
sich die Herren Direktoren der Gewerkschaft und
andere Vorstandsmitglieder. Die Musiker spielten
das religiöse Lied: ‚Preiset alle Nationen etc.' bis
zur Kirche. Dies sowohl, wie auch die schöne Hal-*

*tung und Ordnung gewährte einen rührenden, dem Feste entsprechenden Anblick! Während des kirchlichen Dienstes herrschte tiefe Stille! Der Spruch: ‚Wohlan, du frommer Knecht, weil du über Weniges getreu gewesen, so will etc.' war der Gegenstand der Festpredigt, worin zum Schlusse die wechselseitigen Verpflichtungen der Diener und Dienstherren besonders hervorzuheben sind. Nach Beendigung des Gottesdienstes wurde eine kleine Erfrischung genommen und nach kaum einer Stunde Signal zum Abzug gegeben. Bereitwilligst fand sich das ganze Berg-Personal ein, reihte sich nach Vorschrift und zog wieder unter Musik und Gesang nach Bernkastel!*

*Die ganze Feier hat auf den Anwesenden einen tiefen Eindruck gemacht und eine freudige Stimmung zurückgelassen! Ehre und Dank den braven Herren, die den Hindernissen gegenüber so unverdrossen den gefallenen Bergbetrieb wieder in Angriff genommen und dadurch der hiesigen Gegend eine neue Erwerbsquelle geöffnet haben!*

*Und Ihr Bergknappen, ‚Glück auf' den Wackeren, die mit Mut und Fleiß die verborgenen Schätze im Schoße der Erde suchen und zu Tage fördern, ihre Diensttreue wird gewiß anerkannt und belohnt werden."*

„Die Menschen haben wirklich geglaubt, dass alles in bester Ordnung ist!", stellte Ferdinand fassungslos fest. „Wie haben Sie es nur so lange geschafft, so viele Menschen zu täuschen? Ich meine, das waren ja nicht nur eine Handvoll, sondern Hunderte!"

„Ich hatte Dir doch bereits gesagt, dass Geld für die Bank in Kassel keine Rolle spielte und das meine ich auch so!", begann der Alte.

„Ich habe die Bänker geködert wie einen Esel, dem man eine Karotte vor die Nase hält! Ich hatte den entscheidenden Personen wie Geeh bereits ein paar Kuxe – also Anteile am Bergwerk – übertragen. Da ich wusste, wie geldgierig diese Bande war, habe ich ihnen weitere Kuxe in Aussicht gestellt. Davon besaß ich eine ganze Menge und aufgrund der zu erwartenden enormen Rendite konnte ich diese zu einem hohen Preis verkaufen. Ich erzählte meinen Geschäftspartnern in Kassel, dass die Engländer und Franzosen mit hungrigen Augen um Berncastel herumstreichen und gar zu gerne ihre Hände auf die Wundergruben legen würden! Aber ich war auch ‚ein Mann von Wort'! Ich hatte die Kuxe meinen Freunden in Kassel zugesagt, und die sollten sie auch bekommen, trotz aller Konkurrenz von Engländern und Franzosen! Aber weiteres Geld mussten sie schon noch locker machen, denn ihr uneigennütziger Freund Kagenbusch befand sich in Verlegenheit. Er – also ich – wollte das Geld ja nicht geschenkt haben, sondern alles wieder ins Lot bringen, sobald nur der neue Stollen in Gang gesetzt oder die Moselschifffahrt erst wieder flott war! Zwischendurch habe ich immer wieder mal ein Fässchen Moselwein nach Kassel verschickt, damit sich die Herren Bänker auch ordentlich Mut antrinken und auf mein Wohl anstoßen konnten!"

Ferdinand schüttelte ungläubig den Kopf. Wenn es sich nicht um so eine ernste Sache wie Betrug gehandelt hätte, müsste man eigentlich seinen Hut vor dem Alten ziehen, dachte er.

„Und wie lange ging das Spiel noch gut?", wollte Ferdi wissen.

## Bratkartoffeln

Peter Kagenbusch wollte soeben die Frage seines jungen Bettnachbarn beantworten, als sich die Zimmertür öffnete. Schwester Hildegard brachte mit einem kleinen Rollwagen das Mittagessen auf Zimmer 7, demnach musste es so um 12 Uhr sein.

„Das Mittagessen geht natürlich vor!", sagte der alte Mann und klappte sein Buch zu.

Schwester Hildegard hob die Metallhaube, die das Essen warm halten sollte, von dem ersten Teller und beide Patienten sagten gleichzeitig „Aaah!"

„Es scheint den Herren ja zu gefallen, was es heute zu Mittag gibt!", lachte die Schwester und gab das erste Tablett dem alten Mann.

Peter Kagenbusch freute sich und sagte: „Bratkartoffeln kann man immer essen, Schwester, und hier gibt's sogar noch ein Spiegelei dazu!"

Schwester Hildegard entfernte auch vom zweiten Teller die Haube und reichte das Tablett Ferdinand, der natürlich schon wieder Hunger hatte, was aber bei einem jungen Mann wie ihm, der sich auf dem Weg der Genesung befand, nichts Ungewöhnliches war.

„Dann wünsche ich den beiden Herren noch einen guten Appetit!", sagte Schwester Hildegard, die sich mitsamt ihrem Rollwagen entfernen wollte.

„Den werde ich bestimmt haben!", sagte der alte Mann. „Wissen Sie, Schwester, ich habe in den letzten Tagen einen Appetit wie schon lange nicht mehr. Alles schmeckt mir, vor allem der Bohnenkaffee zum Frühstück und zum Kuchen am Nachmittag!"

„Das freut mich für Sie!", sagte die Schwester und verließ das Krankenzimmer.

## Der Bankrott der Kasseler Bank

Nachdem die beiden Patienten auf Zimmer 7 ihr Mittagessen beendet hatten und der alte Mann ein wenig geruht hatte, sagte er zu Ferdinand: „Junger Freund, ich schulde Ihnen noch die Fortsetzung der Erzählung von meiner Zeit in Bernkastel."

„Das ist richtig, dort hat uns Schwester Hildegard vorhin so unsanft unterbrochen!", erwiderte Ferdinand mit einem Schmunzeln.

Peter Kagenbusch nahm wieder sein Buch hervor und suchte seine Brille, als er merkte, dass diese noch auf seiner Nase saß, weil er sie nach dem Mittagessen gar nicht abgenommen hatte! Er schlug die Seite mit dem letzten Eselsohr auf, das er bei Schwester Hildegards Ankunft schnell noch in die aktuelle Seite gemacht hatte. Als er die Stelle gefunden hatte, wo er vorhin stehen geblieben war, sagte er:

„Nun, im Frühjahr 1859 merkte ich, dass es langsam ‚eng' wurde! Der ein oder andere fing an misstrauisch zu werden. Um dem zu begegnen, musste ich natürlich ein ganz großes Geschütz auffahren: Am 1. Mai ließ ich im Namen des ‚Moseler Bergwerks- und Hüttenvereins' eine Annonce in mehreren Zeitungen des Umlandes drucken, dass die Gesellschaft 200(!) Bergmänner zwecks dauernder Beschäftigung suchen würde!"

„Demnach schien bei der Bernkasteler Bergwerksgesellschaft weiterhin alles wie geschmiert zu laufen!", stellte Ferdi fest. „Die Arbeiter waren zufrieden, liebten ihren Chef und man expandierte fleißig weiter!"

„So sah es aus. Leider war der schöne Schein nicht mehr von langer Dauer. Am 20. Mai musste die Kasseler ‚Leih- und Commerzbank' Konkurs anmelden. Das schlug natürlich in Bernkastel ein wie zwei dutzend Granaten gleichzeitig! Die Leute fielen aus allen Wolken", sagte Kagenbusch.

„Der Schwindel hatte also gute zwei Jahre angedauert, bevor er aufgefallen war, und das auch nur aufgrund des Bankrotts der Kasseler Bank, nicht etwa, weil man vor Ort in Bernkastel auf Unregelmäßigkeiten gestoßen wäre!", fasste Ferdinand das Erzählte zusammen.

„Genauso ist es", sagte Peter Kagenbusch.

„Mussten Sie dann sofort ‚mit Sack und Pack' die Mosel verlassen oder wie ging es weiter?" Ferdi war wirklich gespannt, wie sich der Alte aus dieser Klemme hatte befreien können.

„Im Gegenteil!", erwiderte ihm der ehemalige Bergwerksdirektor. „Ich war ja sehr vorsichtig gewesen, um möglichst wenig selbst in Erscheinung zu treten, was die Geschäftsunterlagen anging. Da stand vor allem die Bank aus Kassel im Fokus. Für die Bewohner von Bernkastel und Umgegend sah es zunächst so aus, als wenn mir – ähnlich wie zuvor in Waldeck – der Geldgeber aufgrund eines Bankrotts abhanden gekommen war. Ich war nur einer von vielen Betroffenen, der dadurch seine Arbeit verloren hatte! Das kannst Du auch gut aus den weiteren Zeitungsannoncen erkennen, Ferdi."

Der Alte nahm den nächsten Zeitungsausschnitt zur Hand und sagte:

„Die ‚Bernkasteler Zeitung' vom 29. Mai 1859 berichtete vom Konkurs der Kasseler Leih- und Commerzbank wie folgt:

*„Bernkastel, 26. Mai. Wie das Frankfurter Journal aus Kurhessen, 22. Mai, berichtet, werden seit dem 21. dieses Monats, einer Bekanntmachung eines der Massa-Curatoren der fallirten Kasseler Leih- und Commerz-Bank, Herrn Oetkers, zufolge, wieder Pfänder im Lokale der Bank angenommen; überdies wird aus derselben Quelle versichert, daß aus Anlaß der öffentlichen Zustände in Kurhessen, und der Notwendigkeit, sie zu ordnen, von preußischer Seite Verwendung stattgefunden habe. – Mögen diese günstigen Nachrichten, welche nicht nur für den, bei der fatalen Kasseler Bank-Angelegenheit stark alterierten Moseler Bergwerks-Verein, sondern auch für unsere ganze Umgegend mehr oder weniger Interesse haben, sich ihrem vollem Umfange nach bestätigen!"*

„Wie Du siehst, findet mein Name in keinster Weise Erwähnung, man beklagt lediglich den Wegfall des Hauptgeldgebers der Bernkasteler Bergwerksgesellschaft!"

Peter Kagenbusch fuhr fort: „Am 5. Juni 1859 hieß es in derselben Zeitung zu dem Thema:

*„Kassel, 31. Mai. Die gegen die Verwaltung unseres bankrotten Lombards eingeleitete Untersuchung ist im vollen Gange. Ordentliche Rechnung, wie solche andere Cassenämter bei uns ablegen müssen, stellte die Commerz-Bank nicht, sie hatte eine rein kaufmännische Buchführung eingeführt und wußte die Prüfung der Bilanz durch Vorlage und Einsichtnahme der Bücher zu umgehen. Durch welche Mittel ihr dies gelungen, das wird die Untersuchung des Genaueren noch festzustellen haben. Die Ausgabe der Cassascheine war von der Regierung nicht ausdrücklich genehmigt, sondern nur stillschweigend geduldet."*

„Aber irgendjemand musste doch Schuld haben, oder?", fragte Ferdi.

„Zu meinem Glück verhaftete man im August 1859 in Kassel den von mir bereits erwähnten Herrn Geeh, den ehemaliger Kassierer der Leihbank. Er hatte sich vordem in Böhmen als Direktor einer Glasfabrik aufgehalten, war aber nun vor das Stadtgericht in Kassel zitiert und dort verhaftet worden", sagte Kagenbusch. „Ich selbst trat erst am 26. April 1860 wieder öffentlich in Erscheinung – wie ich hier lese – als ich in der ‚Bernkasteler Zeitung' bekannt gab, dass alle, die irgendwelche Forderungen an die

Gesellschaft hätten, diese innerhalb einer Woche auf dem Büro in Bernkastel einreichen müssten."

„Was denn,", wunderte sich Ferdi, „der ganze Schwindel dauert volle zwei Jahre, ein weiteres Jahr lang wird nur ermittelt und dann haben die um ihr Geld Betrogenen gerade mal eine Woche Zeit, um ihre Forderungen zu stellen? Das ist doch wohl ein schlechter Witz!"

„Nun, junger Freund, ich habe mir die Fristen nicht ausgedacht", meinte Peter Kagenbusch lapidar.

„Und in welcher Funktion waren sie ein Jahr nach dem Bankrott der Kasseler Bank tätig?", fragte Ferdi interessiert.

„Die soeben angesprochene Annonce hatte ich mit ‚Peter Kagenbusch, Director und Repräsentant des Moseler Bergwerks- und Hüttenvereins' unterzeichnet", entnahm der Alte der Zeitungsannonce.

„Mittlerweile waren Sie also seit drei Jahren in Bernkastel ansässig", rechnete Ferdinand aus.

„Das stimmt. Wir wohnten aber nicht mehr in demselben Haus wie zu Beginn unseres Aufenthaltes, sondern hatten uns im Frühjahr 1859 ein Haus am Gestade – also der am Moselufer gelegenen Straße – in Bernkastel gekauft", erzählte Kagenbusch.

„Sie haben das Haus demnach gekauft, als der Zusammenbruch des gesamten Bergbaukonstrukts bereits abzusehen war – hatten Sie keine Angst, das Haus könne gewissermaßen mit in die Konkursmasse fallen?", fragte Ferdinand.

„Nein, da war ich vollkommen unbesorgt", erklärte ihm der Alte, „es hatte ja meine Gattin gekauft und nicht ich!"

„Was für ein Schlaumeier!", dachte Ferdinand, ließ sich seine heimliche Bewunderung für den Alten aber nicht anmerken.

„Nur so als Nebenbemerkung: Ich habe vor ungefähr zehn Jahren einmal in einer Zeitung gelesen – mir den Artikel aber leider nicht ausgeschnitten – dass unser Haus zusammen mit dem alten Schulhaus und ein paar weiterer Häuser abgebrannt war ...", sagte Kagenbusch.

Er vertiefte sich wieder in sein Buch.

„1861 passierte anscheinend nichts Wesentliches", sagte Kagenbusch beim Durchstöbern seiner Notizen. „Die Ermittlungen in Sachen Leih- und Commerzbank gingen nur schleppend voran, was nicht nur an der komplexen und beinahe undurchdringlichen Materie lag, sondern unter anderem auch daran, dass die Verantwortlichen alle paar Monate ersetzt wurden und sich der Neue erst mühsam einarbeiten musste!"

„Das kam Ihnen sicher sehr gelegen!", vermutete Ferdinand.

„Na so etwas!", sagte der Alte. „In jenem Jahr bin ich anscheinend auch Taufpate gewesen. Da können Sie mal sehen, mein junger Freund, wie angesehen ich in Bernkastel noch war!", sagte er leicht überheblich.

„Vermutlich bei dem Kind eines ehemaligen Bergmannes!", sagte Ferdinand despektierlich.

„Im Gegenteil, mein Bester! Im Gegenteil!", entgegnete ihm Peter Kagenbusch. „Der Kindsvater war kein geringerer als August Mertens, seines Zeichens evangelischer Pfarrer zu Bernkastel!"

„Alle Achtung!", gab sich Ferdi wenig beeindruckt.

„Jetzt muss ich doch mal gut überlegen, wie denn der Balg hieß, den ich übers Taufbecken hielt!", grübelte der Alte über den Namen seines Patenkindes. „Reiner Emmanuel oder Reinhard Immanuel, irgend so etwas Überkandideltes!", meinte er nach kurzem Nachdenken und blätterte weiter in seinem Buch.

„Ach sieh mal einer an", sagte Peter Kagenbusch, „das hier hatte ich ja ganz vergessen!"

Er nahm eine weitere kleine Annonce aus der „Bernkasteler Zeitung" in die Hand.

*„Geschäfts-Verlegung.*

*Unter dem heutigen Tage ist die Expedition und Buchdruckerei der 'Bernkast'ler Zeitung' nach dem Gestade in das der Frau Kagenbusch zugehörende Wohnhaus (Nr. 40) verlegt worden. Bernkastel, den 1. Juni 1862. Carl Fuchs."*

„Ich erinnere mich!", sagte der Alte. „Ich war damals ja seit drei Jahren ohne Einkommensquelle. Natürlich hatte ich mir von dem Geld aus Kassel so einiges ‚abgezwackt' gehabt, aber irgendwann geht jeder Krug zur Neige! Von daher waren wir gezwungen, einen Teil unseres Hauses an Herrn Fuchs mit seiner Druckerei zu vermieten."

„Sie waren nun also bereits volle fünf Jahre in Bernkastel und drei davon – also weit mehr als die Hälf-

101

te der Zeit – war der ganze Schwindel schon aufge-flogen!", konnte es Ferdinand nicht fassen.

„Ja, das stimmt, aber lange sollte es nicht mehr gut gehen!", sagte Peter Kagenbusch. „An exakt dem Tag, an dem der Buchdrucker Fuchs die soeben vor-gelesene Annonce aufgab – also dem 1. Juni 1862 – wurden nämlich Bernhard Müller als Vertreter des ‚Moseler Bergwerks- und Hüttenvereins', Carl Wil-helm von der Heyden, Dr. der Medizin und Rentner zu Essen, Georg Theodor Osius, Prokurator zu Ha-nau, Sigmund von Meyer, Minister a. D. zu Kassel, sowie meine Wenigkeit, vom Handelsgericht zu Trier in unserer Eigenschaft als Teilhaber und Ge-sellschafter des vorgenannten Hüttenvereins solida-risch zur Zahlung von 9,020 Talern nebst Zinsen verurteilt und das Urteil durch Körperhaft für voll-streckbar erklärt. – So steht es zumindest hier."

„Also hatte man Sie doch noch für Ihre schändliche Betrügerei verurteilt!", freute sich Ferdinand.

„Zwar nicht alleine, sondern zusammen mit vier an-deren Mitstreitern, aber dennoch war es an der Zeit das Hasenpanier zu ergreifen!", sagte Kagenbusch.

„Also haben Sie wieder alles stehen und liegen las-sen und die Flucht ergriffen – und Ihre arme Fami-lie musste mit!", sagte Ferdinand.

„Schon, aber wir konnten fünf Jahre lang an einem Ort verbringen! – Im Nachhinein gesehen waren die Jahre in Bernkastel vielleicht die schönsten in mei-nem Leben", sagte der Alte in Gedanken versunken.

# Der Fleck muss weg!

Clothilde Haßdenteufel schaute ihrer Kollegin über die Schulter, welche die soeben frisch in der hauseigenen Wäscherei eingetroffene Schmutzwäsche des Krankenhauses durchsah und sortierte.

„Was ist das denn!", rief sie und griff ihrer Kollegin in den Arm. „Himmel Herrgott!", fluchte sie.

Sie nahm den Bettbezug in die Hand und sagte: „Jetzt schau Dir mal diesen riesigen, eingetrockneten Blutfleck an! Wie oft habe ich schon gesagt, dass man auf der Krankenstation ein solches Wäschestück direkt in einen Eimer oder eine Schüssel mit kaltem Wasser stecken soll! Wenn das Blut erst einmal eingetrocknet ist, dann haben wir den Salat! Aber nein, was macht man, legt den Bezug einfach zu der restlichen Wäsche, damit alles knochentrocken ist, bis es bei uns hier unten ankommt! Wir sind ja die Doofen, die nichts besseres mit ihrer Zeit anfangen können, als unnötig eingetrocknete Blutflecken vorzubehandeln, in der Hoffnung, diese irgendwie doch noch aus dem Wäschestück entfernen zu können!"

„Und was machen wir jetzt damit?", fragte ihre Kollegin, die noch nicht lange in der Wäscherei arbeitete.

„Also, den Fleck behandeln wir jetzt mit Natronsalz. Das muss dann ein bis zwei Stunden lang einwirken, danach kannst Du es mit kaltem Wasser auswaschen und es dann in die Kochwäsche geben. Wenn wir Glück haben, geht der Blutfleck raus", sagte die Chefin.

„Und wenn nicht?", wollte ihre junge Kollegin wissen.

„Dann ist das Bettlaken als solches nicht mehr zu gebrauchen. Wir schneiden den Fleck alsdann heraus und machen Putzlappen oder Geschirrtücher aus dem Rest", antwortete Clothilde.

„Ich glaube ich muss nochmal mit Fräulein Sauerland über diese Missstände sprechen!", dachte sie sich während sie in den hinteren Teil der Wäscherei ging.

## In der Eifel

Nachdem er sich eine kleine Pause gegönnt hatte, nahm der alte Mann wieder sein Buch zur Hand.

„Du wolltest doch wissen, wo wir nach unserem Aufenthalt in Bernkastel hingegangen sind", wandte er sich an seinen jungen Zimmergenossen.

„Ja, natürlich!", sagte der Angesprochene.

„Also zuerst sind wir nach Köln gezogen, in die Anonymität der großen Stadt", sagte der Alte.

„Warum nicht wieder nach Düsseldorf?", fragte Ferdi.

„Nein, ich wollte nicht schon wieder dorthin. Das hätte auch keinen guten Eindruck gemacht. Außerdem waren die Kinder meiner Ehefrau inzwischen groß geworden und aus dem Haus, so dass meine Frau und ich auf die Schule keine Rücksicht mehr nehmen mussten."

„Ich verstehe", sagte Ferdinand. „Und für wie lange?"

„Es waren zwei lange Jahre!", sagte Kagenbusch. „Ich hatte mir wieder eine Arbeitsstelle als Chemiker in einer Färberei gesucht, aber diese regelmäßige tägliche Arbeit von Montag bis Samstag tat mir nicht gut!"

„Sie entsprach nicht Ihrem Naturell, könnte man sagen?", fragte Ferdinand mit einem schelmischen Grinsen.

„Genau erkannt, mein junger Freund!", antwortete ihm der Alte. „Ich hatte schon länger Ausschau nach einem neuen Projekt gehalten, bei dem man womöglich meiner ‚Expertise' in Sachen Bergbau bedürfen könnte und letztendlich wurde ich in der Eifel fündig. In Mürlenbach wurde Steinkohle abgebaut. Dort konnte ich mich mit einem Darlehen einkaufen, dass ich einem wohlhabenden Geschäftsmann in Köln abgeschwatzt hatte."

„Das war dann wann?", fragte Ferdinand.

„Im Frühjahr 1865", gab Kagenbusch zur Antwort.

„Das Projekt lief alles andere als gut", fuhr der Alte fort. „Die Eifeler waren wesentlich bodenständiger und misstrauischer als die Leute an der Mosel. Wenn sie etwas nicht wollten, dann wollten sie nicht – man nennt sie nicht zu unrecht ‚Watzkepp'! Außerdem hatte ich keine finanzkräftige Bank in der Hinterhand, so wie Jahre zuvor in Bernkastel."

„Man kann nicht immer den großen Wurf landen!", sagte Ferdinand.

„Das stimmt", pflichtete ihm der Alte bei. „Ende Juli wurde es dann aber kritisch, denn das ‚Bitburger Kreis- und Intelligenzblatt' – so ein kleines, lokales Schmierblättchen – schrieb, dass aus Mürlenbach verlauten würde, dass die Unternehmer des dortigen Steinkohlereviers wegen Verkaufs ihrer Rechte mit einigen auswärtigen Gesellschaften in Unterhandlung stünden!"

„Mit dem Unternehmer waren Sie gemeint?", fragte Ferdi.

„Ja", lautete die Antwort des Alten.

„Der Behauptung, dass Sie Ihre Anteile an dem Unternehmen verkaufen wollten, mussten Sie natürlich energisch entgegentreten, denn sonst sah es so aus, als glaubten Sie selbst nicht mehr an den Erfolg Ihrer Unternehmung, richtig!", schlussfolgerte Ferdi.

„Ganz genau so war es!", lobte Peter Kagenbusch den Scharfsinn seines Gesprächspartners.

Er fuhr fort: „Ich habe den Redakteur des ‚Prümer Intelligenzblattes' kontaktiert und Anfang August 1865 erschien dort folgender Bericht, den ich Ihnen vorlesen möchte, junger Freund:

*Auf die Frage: Hat denn die Eifel kein Petroleum? antwortet ein Herr P. Kagenbusch in Birresborn Folgendes:*

*Auf die obige Frage erlaube ich mir zu antworten, daß es jetzt fest steht und die Überzeugungen sicher gewonnen sind, daß in Wallenborn und Umgegend, so wie hier bei Birresborn Vorkommnisse von Petroleum vorkommen und zwar bedeutend und von großem, ja unberechenbarem Wert;*

*die Bohrversuche, um fragliche Quellen aufzuschließen, beginnen in einigen Tagen. – In Ihrem Blatte vom 30. des vorigen Monats berichten Sie, daß die Unternehmer, welche in hiesiger Gegend auf Steinkohlen schürfen, mit einigen auswärtigen Gesellschaften in Unterhandlung ständen, um Ihre Rechte zu verkaufen. Die Mitteilung dieser Neuigkeit beruht auf einem Irrtum, ich habe nur neue Teilhaber angenommen und **werde nie und für keinen Preis alle Rechte verkaufen!** Ich bitte um Berichtigung dieser Angelegenheit in Ihrem nächsten Blatte. – Die Arbeiten auf Steinkohlen in hiesiger Gegend, so wie bei Wallenborn und Umgegend, gehen geregelt und zu Aller Zufriedenheit voran, es werden täglich mehr Leute beschäftigt, es finden sich immer mehr Kohlenflöze und je tiefer wir in die Erde kommen, je mächtiger werden die Kohlenflöze, so auch wird die Qualität der Kohlen immer besser und des Verläumders Mund wird bald verstummen. Mit Hochachtung ergebenst etc."*

„Sie sind also nach dem bewährten Muster vorgegangen", stellte Ferdinand fest. „Erstmal alles abstreiten, dann behaupten, dass die auszubeutenden Vorkommen von größtem Wert sind, sowie Arbeiter in großer Zahl einzustellen, um allen vorzugaukeln, dass alles in bester Ordnung sei!"

„Mein lieber, junger Freund!", sagte der Alte, „Sie besitzen eine außergewöhnlich rasche Auffassungsgabe! Sie wären sicherlich ein sehr guter Lehrling für mich gewesen!", lobte er ihn.

Ferdinand hingegen war froh, dass er nicht bei dem – zugegebenermaßen begnadeten – Schwindler und Betrüger Kagenbusch in die Lehre gegangen war!

„Ging das Geschäft in der Eifel noch lange gut?", wollte er von dem Gauner wissen.

„Nein, nicht mehr lange. 1867 war wieder alles vorbei!", stellte Kagenbusch ernüchtert fest.

„Sind Sie dann mit Ihrer Frau wieder in die Stadt gezogen?", wollte Ferdi wissen.

„Nein", antwortete ihm der Alte. „Ich schlug das schändlichste Kapitel im Tagebuch meines Lebens auf – ich verließ meine Ehefrau und ging ohne Lebewohl zu sagen wieder auf die britische Insel!"


## Die Diakonissin

Louise Sauerland, Diakonissin und Vorsteherin des städtischen Krankenhauses in Hagen, saß im Zimmer von Dr. Koch. Wenn möglich, versuchte sie sich täglich einen Überblick auf den verschiedenen Stationen des Krankenhauses zu verschaffen, um zu hören, ob alles soweit in Ordnung war, oder ob es in irgendeiner Hinsicht einen Mangel oder Bedarf gab, den es zu befriedigen galt.

In der Hauptsache musste sie sich um die Verwaltung des Krankenhauses kümmern, was viel Schreibarbeit bedeutete. Aber auch Bürokratisches anderer Art gehörte zu ihren Aufgaben, wie beispielsweise die Anzeige eines Todesfalles beim örtlichen Standesamt, wenn einer ihrer Patienten verstorben war, der keine Angehörigen mehr hatte, die diese Aufgabe übernehmen konnten.

Dr. Koch hatte erfreulicherweise wenig negatives zu berichten. Zum einen war seine Station momentan nicht voll mit Patienten belegt, was bedeutete, dass das Pflegepersonal mehr Zeit für den einzelnen Patienten hatte, zum anderen befanden sich die meisten von ihnen auf dem Weg der Besserung und so sollte es ja auch sein.

Zur Zeit gab es nur einen Patienten, der Dr. Koch wirklich Sorgen bereitete: ein alter Mann, der auf Zimmer 7 lag und mit Namen Peter Kagenbusch hieß.

„Sie gehen also davon aus, Dr. Koch, dass der alte Mann auf der 7 nur noch eine Woche zu Leben hat?", fragte sie.

„Maximal!", schränkte der Oberarzt die zeitliche Angabe ein.

„Bekommt er Morphium?", wollte die Diakonissin wissen.

„Wir haben es ihm mehrfach angeboten, aber er hat jedes Mal abgelehnt!", sagte Dr. Koch.

„Warum das?", wollte seine oberste Chefin wissen.

„Er erträgt lieber die Schmerzen und bleibt dafür bei klarem Verstand, als das Morphium zu nehmen und in einer Art Delirium zu versinken!", antwortete der Oberarzt.

„Das ist selten, aber durchaus verständlich!", meinte die Diakonissin und erhob sich von ihrem Stuhl. Dr. Koch erhob sich ebenfalls, um sie zu verabschieden.

„Halten Sie mich bitte auf dem Laufenden, Dr. Koch", sagte sie und reichte ihm die Hand zum Abschied.

## Der Verrat

„Sie haben was gemacht?", rief Ferdinand und war außer sich. „Sie haben Ihre Frau einfach verlassen und sich aus dem Staub gemacht!" Er konnte es nicht fassen. „Wie kann man denn nur so herzlos sein?", fragte er den Alten. „Haben Sie nicht erzählt, dass schon der erste Ehemann ihrer Frau aus ungeklärten Gründen nicht mehr aus Amerika zurückgekommen war?"

„Heute weiß ich auch, das ich das niemals hätte tun dürfen und, dass ich mir das niemals verzeihen werde, aber damals dachte ich wirklich es sei das Beste", gab Kagenbusch zerknischt zu. „Mit mir hatte meine Frau doch fast nur Schlechtes erlebt. Kaum waren wir verheiratet gewesen, ging meine Düngemittelhandlung in Pempelfort bankrott, was für meine Frau ganz furchtbar war, von wegen dem Ehrverlust und den Leuten, die sich über uns das Maul zerrissen haben. Dann sind wir mehrfach umgezogen, was am schlimmsten für die Kinder war, die noch zur Schule gingen. Letztlich ist jede meiner Unternehmungen geplatzt und hat sich in Rauch aufgelöst, weil alles ja nur Schwindel war und keine Substanz hatte! Mir war klar, dass ich die Kurve hin zu einem normalen bürgerlichen Leben nicht mehr kriegen würde, das hatte ich oft genug vergeblich versucht. Von daher dachte ich, dass es am besten sei, wenn ich wegginge, damit wenigstens meine Frau nicht mehr unter meiner Unzulänglichkeit leiden müsse!"

„In Ordnung", sagte Ferdinand, „das kann ich vielleicht noch verstehen, auch wenn Sie darüber zuerst mit Ihrer Frau hätten sprechen sollen! Aber wie konnten Sie nur gehen, ohne sich zu verabschieden oder wenigstens einen Brief zu hinterlassen, der alles erklärt hätte?"

„Ich weiß es nicht, mein Lieber!", sagte der alte Mann und schluckte. „Vermutlich hat mir einfach der Mut gefehlt."

„Sie haben Ihre Frau einfach im Stich gelassen!", warf Ferdinand ihm vor. „So etwas nennt man Verrat, das ist Ihnen hoffentlich bewusst!"

„Heute schon, aber damals leider nicht!", sagte der Alte und wirkte ziemlich geknickt.

„Und was ist aus Ihrer Ehefrau geworden?", wollte Ferdinand wissen. „Irgendwann sind Sie ja allem Anschein nach wieder von der Insel zurückgekehrt. Haben Sie dann nicht versucht, sie wiederzufinden?"

„Das musste ich nicht mehr", sagte Kagenbusch kleinlaut. „Ich hatte Ende der 1870er Jahre per Zufall in London einen früheren Geschäftspartner getroffen, der mir erzählte, dass meine Frau im Jahre 1870 in Gladbach – an ‚gebrochenem Herzen' wie es hieß – verstorben war." Dem alten Mann liefen Tränen an den Wangen herab.

„Sie meinen die Stadt, die seit diesem Jahr ‚München-Gladbach' heißt?", fragte Ferdinand.

111

„Ja, genau", antwortete der alte Mann. „dort wohnte offenbar ihre jüngste Tochter Sophie Henriette, die inzwischen verheiratet war."

„Demnach ist sie nur drei Jahre, nachdem Sie sie so schändlich verlassen hatten, verstorben", rechnete Ferdinand aus.

„Ja, es ging ziemlich schnell", meinte Kagenbusch.

„Ich denke das drei Jahre eine verdammt lange Zeit sind, wenn man unter einem gebrochenen Herzen leidet!", sagte Ferdinand und war richtig wütend.

„Ja, das ist natürlich richtig", sagte der alte Mann kleinlaut. „Das ist aber leider noch nicht alles!"

„Was denn noch?", rief Ferdinand. „Hört das mit diesem ganzen Mist und dem von Ihnen verursachten Unglück denn nie auf?"

Der alte Mann schluckte, bevor er schluchzend sagte: „Meine jüngste Stieftochter, Sophie Henriette war auch nicht mehr am Leben! Sie hatte ein Jahr vor dem Tod ihrer Mutter geheiratet und war 1876 im Alter von nur 33 Jahren verstorben! Sie war mir von allen Kindern immer das liebste gewesen und zu hören, dass nicht nur ihre Mutter, sondern auch sie schon verstorben war, hat mich tief getroffen!"

Ferdinand schluckte, jetzt tat ihm der alte Mann beinahe leid.

Peter Kagenbusch weinte immer noch leise und sagte zu Ferdi: „Ich hatte Dir zu Beginn unseres Zusammentreffens gesagt, dass ich nicht immer ein guter Mensch war – jetzt weißt Du, was ich gemeint habe!"

Keiner von beiden sagte etwas. Auf Zimmer 7 herrschte betretenes Schweigen. Ferdinand war immer noch stinksauer auf den alten Mann, der in seinem Bett lag und leise weinte.

## Drei Tage Regenwetter

„Was ist denn hier los?", fragte Schwester Hildegard, die gerade zur Tür reinkam und in jeder Hand ein Tablett mit Kaffee und Kuchen balancierte, die sie nach dem Öffnen der Zimmertür von dem im Flur geparkten Rollwagen genommen hatte. „Hier ist ja eine Stimmung wie drei Tage Regenwetter!"

Sie stellte die Tabletts jeweils auf den Nachttischen der beiden Patienten ab. Weil sie sah, dass der alte Mann weinte, fragte sie ihn besorgt:

„Geht es Ihnen nicht gut, Herr Kagenbusch?"

„Ihm geht es noch viel zu gut!", raunte Ferdinand, woraufhin ihm die Krankenschwester einen bösen Blick zuwarf.

„Was ist denn los? Haben Sie Schmerzen, tut Ihnen etwas weh?", fragte sie nochmals.

„Dem tut sein schändliches und verwerfliches Fehlverhalten während seines ganzen jämmerlichen Lebens weh!", giftete Ferdinand in Richtung des Alten.

„Jetzt habe ich aber genug!", fuhr Schwester Hildegard den jungen Mann an. „Ich rede gerade mit Herrn Kagenbusch und Sie halten gefälligst Ihren Mund!

Ferdinand konnte vor lauter Schreck nichts mehr sagen. Er hatte die Krankenschwester bisher für sehr nett gehalten, aber dass sie ihn dermaßen zusammenstauchen könnte, das hatte er nicht geahnt!

„Tut mir leid", sagte er kleinlaut.

„Sssccchhttt, habe ich gesagt!", bekam er zur Antwort.

Ferdinand sah ein, dass es besser war, im Moment am besten mucksmäuschenstill zu sein, um Schwester Hildegard nicht noch mehr zu verärgern. Am Ende würde sie noch das Zimmer verlassen, ohne ihm seinen Kuchen zu geben und das wäre schlecht, denn soweit, um diesen selbst vom Nachttisch zu nehmen konnte er sich noch nicht strecken!

„Na was ist denn los, Herr Kagenbusch?", fragte Schwester Hildegard noch einmal.

Der alte Mann schniefte und sagte: „Der Ferdinand hat schon recht. Ich weine über meine eigene Verdorbenheit!"

Das überraschte Schwester Hildegard. Hatte Sie dem jungen Ferdinand etwa unrecht getan?

„Sie sind doch auch nur ein Mensch, Herr Kagenbusch, so wie wir alle. Gott hat Ihnen bestimmt schon verziehen oder Sie mit den dafür angebrachten Prüfungen gestraft!", meinte sie.

Der alte Mann nickte.

„Wenn Sie ihre Sünden ernsthaft bereuen, dann wird Ihnen auch vergeben werden!", sagte sie. Dann fuhr sie fort: „Jetzt essen Sie erst einmal Ihr Stück Gugelhupf und trinken Ihren geliebten Bohnenkaffee, dann wird die Welt schon wieder ein Stück rosiger aussehen."

„Ich weiß nicht", sagte der Alte, merkte aber das er sich kraftlos fühlte und ihm etwas zu essen und zu trinken vielleicht gut tun würde.

Er streckte seine Hände nach dem Tablett aus. Schwester Hildegard nahm es von seinem Nachttisch und reichte es dem alten Mann.

„Na sehen Sie!", sagte sie. „Lassen sie es sich schmecken!"

Sie nahm das zweite Tablett, gab es Ferdinand und sagte nur: „Hier!", dann ging sie wortlos aus dem Zimmer.

„Au weija!", sagte Ferdinand, „Sie ist immer noch sauer auf mich!"


# Wales

Die beiden Patienten auf Zimmer 7 hatten ihren Nachmittagskaffee mit Kuchen zu sich genommen, aber noch immer kein Wort miteinander gesprochen.

Ferdinand wollte den Anfang machen und sagte: „Es tut mir leid, dass ich vorhin so gemein zu Ihnen war! Sie haben mir ja gesagt, dass es keine böse Absicht von Ihnen war, Ihre Frau gewissermaßen in den Tod zu treiben! Dass Sie bereuen, sie verlassen zu haben konnte man Ihnen ja ansehen!"

„Ist schon gut, mein Junge!", sagte der Alte. „Ich kann gut verstehen, dass Du wütend auf mich warst, ich bin es ja selbst. Seit dem Tag an dem ich erfahren habe, dass Christine vermutlich meinetwegen so früh verstorben ist, habe ich mir selbst nicht mehr verzeihen können!"

Ferdinand merkte, dass es gut wäre, wenn er den Alten auf andere Gedanken bringen könnte und sagte: „Wollen Sie mir erzählen, wie es Ihnen auf der britischen Insel ergangen ist?"

Peter Kagenbusch sah ihn mit großen Augen an. „Ja interessiert Dich das denn jetzt noch, nach allem, was Du vorhin über mich erfahren hast?"

„Ich habe Ihnen versprochen, dass ich mir Ihre Lebensgeschichte anhören werde und dieses Versprechen werde ich auch halten!", entgegnete ihm Ferdi.

„Vielen Dank, Ferdinand!", sagte der alte Mann. „Du weißt nicht, welche Freude Du mir damit bereitest!"

Peter Kagenbusch lächelte Ferdinand an und griff wieder zu Brille und Buch. Er suchte ein wenig, bis er die Stelle gefunden hatte, an der er vorhin seine Erzählung unterbrochen hatte.

„Ich war also wieder zurück in England, bin aber nicht wirklich auf die Füße gekommen. Habe hier und da gearbeitet, um mir meinen Lebensunterhalt zu verdienen, aber nichts hat wirklich so funktioniert wie gehofft. Es war, als wenn alle Leute vorsichtig geworden wären, oder als wenn ich der Einzige wäre, der nicht sehen könnte, dass auf meiner Stirn das Wort ‚Schwindler‘ geschrieben steht! Irgendwann Mitte/Ende 1870 dachte ich mir: Warum nicht mal etwas Neues ausprobieren. England ist doch nicht der einzige Teil auf der britischen Insel, in dem man Englisch spricht!"

„Sie sind nach Schottland gegangen?", fragte Ferdinand.

„Nein, nicht nach Norden, sondern nach Westen – nach Wales!", erwiderte der alte Mann.

„Auch dort gibt es Kohlegruben und mit dem Berufsstand eines Bergwerksdirektors war ich doch immer ganz gut gefahren. Ich war zuerst in Swansea an der Südküste von Wales, bevor ich weiter nach Osten zog.

Im Februar 1871 lebte ich in Grange Town in der Nähe von Cardiff, der Hauptstadt von Wales, bei einer Witwe namens Rachel Watkins. Der Leiter des Eisenwerks, dem ich gesagt hatte ich wolle in Cardiff Gold und Silber schürfen, hatte mich ihr vorgestellt. Ihr Mann war erst vor kurzem gestorben und sie suchte einen Kostgänger, um sich ihren kärglichen Unterhalt etwas aufzubessern. Wir wurden uns handelseinig und ich bin in ihrem Haus eingezogen. Sie hatte fünf Kinder, die noch mit im Haus wohnten. Ich nehme an, dass sie von zwei verschiedenen Vätern waren, weil die Kinder einen großen Altersunterschied aufwiesen. Ich weiß das so genau, weil zu der Zeit, als ich bei ihr wohnte in Wales eine Volkszählung durchgeführt wurde und ich auf der Liste sehen konnte, wie alt sie und ihre Kinder waren. Als meinen Beruf gab ich ‚Mining Director' an – also ‚Bergwerksdirektor'! Zwei ihrer Söhne arbeiteten im örtlichen Eisenwerk, mag sein, dass mich ihre Mutter deshalb aufnahm."

„Das hörte sich doch vielversprechend an", meinte Ferdinand.

117

„Das dachte ich auch, aber ich beging den Fehler, mich mit einem Kerl namens Robson Harrison zusammenzutun und der war leider nicht besonders ‚clever‘, wie man auf Englisch sagt. Wie dem auch sei, ich – oder Robson und ich – versuchten uns mit verschiedenen Gaunereien über Wasser zu halten. Einem Staatsanwalt hatte ich mehrere Briefe vorgelegt, mit den Namen verschiedener Firmen, an die ich angeblich meine chemische Mischung zum Puddeln von Eisen geliefert hatte, die mir aber noch Geld schuldete, so dass ich ein Darlehen zur Überbrückung der Zwischenzeit benötigte. Den Kredit würde ich selbstverständlich gut verzinst zurückzahlen. Aufgrund dieser Liste von Firmen überwies mir der Staatsanwalt verschiedene Geldsummen.

Auch einem Rechtsanwalt aus London, einem gewissen Pagden wurde ich als der Inhaber wertvoller Patente zur Metallgewinnung vorgestellt. Ich kam mit ihm ins Gespräch und schlug ihm vor, er solle mir einen gewissen Geldbetrag zur Abwicklung meiner lukrativen Geschäfte vorstrecken, unter der Voraussetzung, dass er ein Drittel des Geschäftsgewinns erhalten sollte. Mit ein wenig Drängen brachte ich ihn dazu, seine Zustimmung zu einer Summe von 595 Pfund zu geben.“

„Was natürlich alles wieder erstunken und erlogen war!“, mutmaßte Ferdinand.

„Natürlich! Aber letztendlich haben mich nicht die beiden Anwälte zu Fall gebracht, sondern die arme Witwe aus Grange Town!“

„Ach was! – Erzählen Sie schon!“, forderte Ferdinand den alten Mann auf.

118

„Erst brauche ich ein kleines Päuschen", sagte Peter Kagenbusch.

Weil Ferdinand erkannte, dass der Alte müde aussah, war es für ihn zwecklos, dagegen zu protestieren.

## Spazierfahrt ins Glück

Die Tür von Krankenzimmer Nr. 7 ging auf und Schwester Hildegard trat ein, aber statt eines Rollwagens, in den sie wie gewohnt die leeren Tabletts einräumen konnte, schob sie einen Rollstuhl vor sich her.

Die beiden Zimmergenossen sahen sich fragend an.

„Für wen ist der denn?", fragte Ferdinand.

„Für Sie natürlich!", antwortete die Krankenschwester. „Heute ist so ein schönes Wetter und Sie haben seit Tagen keinen Sonnenstrahl mehr abbekommen. Deshalb habe ich mit Dr. Koch gesprochen und ihn gefragt, ob ich Sie in einem Rollstuhl für eine kleine Spazierfahrt in unseren Park schieben dürfe. Der Oberarzt meinte, dass das eine ausgezeichnete Idee wäre! – Und hier bin ich!", sagte Schwester Hildegard und strahlte über beide Ohren. „Außerdem wollte ich mich damit dafür entschuldigen, dass ich vorhin so unfreundlich zu Ihnen war!"

„Das ist aber lieb von Ihnen!", freute sich Ferdinand und wusste gar nicht, was er sonst noch sagen sollte, so überrascht war er.

„Dann kommt jetzt vermutlich der erste und schwierigste Teil unserer Unternehmung: wie bekommen wir Sie möglichst schmerzfrei in den Rollstuhl?", fragte sich Schwester Hildegard.

„Na, es wird schon gehen. Erstens fühle ich mich schon viel besser als gestern und zweitens bin ich ja schon ein großer Junge, der die Zähne zusammenbeißen kann!", versucht Ferdinand Tapferkeit zu zeigen.

„Ich schlage vor, sie rutschen erst einmal bis zur Bettkante, stellen sich dann auf das gesunde Bein, drehen sich auf dem Fuß und ich schiebe den Rollstuhl hinter Sie. Dann helfe ich Ihnen beim Absetzen in den Stuhl", schlug die Krankenschwester vor.

„Gut, so machen wir's!", sagte Ferdinand.

Er tat, wie vorgeschlagen und die Schwester platzierte den Rollstuhl hinter ihm und machte die Bremse an ihm zu, damit er nicht nach hinten wegrollen konnte.

Sie stellte sich vor Ferdinand und hielt seine beiden Hände fest.

„So, und nun langsam auf den Stuhl absetzen", sagte sie. „Ich versuche, Sie etwas abzubremsen."

Ferdinand lehnte sich nach hinten und ging langsam in die Knie, die Krankenschwester hielt sanft dagegen. Als sein Knie eine gewisse Beugung erreicht hatte, konnte Ferdi sein Körpergewicht nicht mehr halten – der Unfall, die Operation und das tagelange Liegen hatte ihn doch mehr Kraft gekostet, als erwartet. Er musste sich nach hinten in den Rollstuhl fallen lassen und zog Schwester Hildegard – die darauf nicht gefasst war – mit sich nach unten. Sie kam auf ihm zu liegen – ihr Gesicht nur ein paar Zentimeter von dem seinen entfernt!

Ferdinand stöhnte laut auf und die Krankenschwester erschrak!

„Früher hatte ich nie etwas dagegen, wenn ein schönes Mädchen auf meinem Schoß saß und sich bei mir anlehnte, aber mit ein paar angebrochenen Rippen tut das höllisch weh!", stieß er mit zusammengekniffenen Lippen hervor.

„Du meine Güte, das wollte ich nicht! Es tut mir so leid!", entschuldigte sich Schwester Hildegard.

„Nein, ist schon gut. Ich konnte mich einfach nicht mehr auf einem Bein halten und musste mich nach hinten fallen lassen. Da ich keine Zeit mehr hatte, um Sie zu warnen, habe ich Sie einfach mitgerissen", sagte Ferdi.

„Tut es sehr weh?", fragte Hildegard besorgt.

„Nur wenn ich atme!", antwortete Ferdinand.

Beide mussten lachen.

„Na, dann haben wir ja das Schlimmste geschafft!", sagte sie.

Sie ging hinter den Rollstuhl und löste dessen Bremse.

„Wollen Sie auch auf einen kleinen Spaziergang mitkommen, Herr Kagenbusch?", fragte sie.

Das hatte nun wieder Ferdinand nicht kommen sehen. Er war davon ausgegangen, dass er mit Hildegard alleine sein würde und ein wenig Zeit hätte, mit ihr über persönliche Dinge zu plaudern und sie etwas besser kennenzulernen!

„Danke. Es ist nett, dass Sie fragen, Schwester!", sagte der Alte, „Aber ich bin viel zu müde und zu schwach dafür. Ich bleibe lieber hier in meinem Bett und erhole mich ein wenig."

Ferdinand atmete erleichtert aus, aber so, dass Schwester Hildegard dies nicht bemerkte.

„Ich wünsche euch beiden viel Spaß!", sagte der Alte zum Abschied.

Schwester Hildegard schob den Rollstuhl mit seiner kostbaren Fracht auf den Flur und steuerte auf den Lastenaufzug zu. Sie war froh, dass es eine solch moderne Einrichtung hier im Krankenhaus gab, ansonsten hätte Sie Ferdi nicht zu einem Spaziergang mitnehmen können. Sie stellte den Hebel auf „Erdgeschoss" und das Gefährt setzte sich gemächlich in Bewegung. Als sie unten angekommen waren, öffnete sie die großen Scherengittertüren und schob Ferdi in den Flur, bevor sie die Fahrstuhltüren wieder schloss. Als sie die Eingangstür des Krankenhauses erreichte, drehte sie sich um, schob einen Türflügel mit ihrem Hintern auf und zog den Rollstuhl hinter sich her. Das war wohl der sicherste Weg, denn nach dem Malheur oben auf Zimmer 7 wollte sie jetzt nicht auch noch mit dem Gipsbein von Ferdi irgendwo anstoßen!

Sie fuhren 50 Meter auf dem Weg nach links und schon befanden sich beide in dem kleinen Park, der zum Krankenhaus gehörte.

„Ist das nicht wunderschön hier, Ferdinand?", fragte sie.

„Ja, allerdings!", antwortete er.

„Von meinem Bett aus kann ich ja nicht aus dem Fenster schauen und ich wusste gar nicht, dass sich neben dem Krankenhaus ein Park befindet!", sagte er erfreut.

Die Parkanlage war mit verschiedenen Sorten von Laubbäumen bestanden. Es gab Eichen, Kastanien, Linden und Platanen, die mit ihren vollen Blätterkronen um das Sonnenlicht wetteiferten und jede Menge Schatten spendeten. Ein Rundweg und eine diagonale Abkürzung, die jeweils mit hellem Sand und kleinen Steinen angelegt waren, durchzogen den Park. Auch vier Sitzbänke für die Patienten oder ihre Besucher konnte Ferdinand erkennen.

„Möchten Sie im Schatten oder in der Sonne sitzen?", fragte Schwester Hildegard.

„In der Sonne, bitte!", sagte Ferdinand. „Es wäre schön, mal wieder ihre wärmenden Strahlen auf der Haut zu spüren", meinte er.

Schwester Hildegard schob ihn zu der Bank, die in der Sonne stand und stellte seinen Rollstuhl daneben ab.

Weil sie noch einen Moment neben ihm stand, ohne auf der Bank Platz zu nehmen, traute sich Ferdinand und fragte frech: „Wollen Sie vielleicht wieder auf meinem Schoß sitzen?"

Schwester Hildegard wurde rot im Gesicht und stammelte: „N-nein, i-ich setze mich besser auf die Bank!"

„Das ist für mich vermutlich auch weniger schmerzhaft", sagte Ferdi lächelnd und zwinkerte ihr zu.

Die Krankenschwester setzte sich neben ihn auf die Bank und war noch immer etwas verlegen.

„Dieser Schlawiner hat mich schon wieder überrumpelt!", dachte sie.

„Darf ich Sie etwas fragen, Schwester Hildegard?", begann Ferdinand.

Hildegard merkte, dass sie schon wieder anfing, zu erröten. Sie wollte nicht schon wieder vor Ferdi herum stammeln und nickte nur zustimmend.

„Sind Sie eigentlich in festen Händen?", brachte Ferdinand hervor und war froh, dass es endlich raus war.

Hildegard wurde knallrot. Sie schüttelte den Kopf.

„Würden Sie vielleicht einmal mit mir spazieren gehen, wenn ich aus dem Krankenhaus entlassen bin?", fragte er.

Sie nickte zustimmend und Ferdi merkte, wie erleichtert und erfreut zugleich er war. Er mochte sie sehr.

„Ich weiß allerdings nicht, wann ich wieder laufen kann!", sagte er. „Das wird vermutlich noch einige Wochen dauern!"

Schwester Hildegard hatte sich wieder einigermaßen gefangen und erwiderte: „Nun, wir können ja erst einmal klein anfangen. So lange Sie Gips haben und an Krücken gehen müssen, tut es ja auch eine kleine Runde."

Ferdinand strahlte vor Glück und Hildegard ergänzte: „Sonst dauert es ja so lange, bis wir uns wiedersehen!"

Er nahm ihre Hand in seine und sie drückte ganz fest zu.

## Northallerton

Ferdinand lag nach seinem Ausflug in den Park wieder in seinem Bett auf Zimmer 7. Nun wollte er unbedingt wissen, wie die Geschichte mit der walisischen Witwe weiterging. Jetzt wartete er bestimmt schon eine Viertelstunde auf die Fortsetzung, aber der Alte machte noch immer keine Anstalten, sein Buch wieder zur Hand zu nehmen.

Ferdinand räusperte sich. Nicht zu laut und aufdringlich, aber so laut, dass der alte Mann es hörte und seine Augen aufschlug.

Peter Kagenbusch sah ihn an. „Da wartet wohl einer darauf, dass die Geschichte weitergeht, habe ich recht?", sagte er.

„Das wäre schön", gab Ferdi zu, „ich bin nämlich schon ganz gespannt!"

„Die Jugend von heute", sagte der alte Mann kopfschüttelnd. „Keine Geduld mehr!"

Dennoch nahm er sein Buch wieder zur Hand und suchte die Stelle, die er zuletzt erzählt hatte, dann fuhr er fort:

„Nun, ich hatte mir bei der Witwe Watkins ungefähr 20 englische Pfund geliehen und schuldete ihr weitere 10 Pfund für Verpflegung und Unterkunft. Das Geld hatte sie eigentlich für die Beerdigung ihres verstorbenen Mannes zur Seite gelegt. Ich verließ dann ihr Haus und gab vor nach Swansea zu fahren und das Geld für ihre Bezahlung zu holen. In Swansea blieb ich jedoch nicht lange und ging nach Bilston in Staffordshire. Dort war ich gerade dabei, eine Firma zu gründen, als plötzlich Rachel Watkins auftauchte und mich als Betrüger entlarvte, sodass ich von dort weggehen musste. Die Rechnung meiner dortigen Unterkunft im Golden Lion in der High Street in Bilston hatte ich ebenfalls nicht bezahlt. Um die Witwe abzuschütteln, beschloss ich eine größere Distanz zwischen uns zu legen und begab mich als nächstes nach Newcastle upon Tyne an der Ostküste von England. Aber auch dort tauchte die Witwe wieder auf, als ich in der Jewel Court Street meine neue Firma ‚Kagenbusch Oray & Co.‘ gegründet hatte, so dass ich auch von dort wieder flüchten musste ohne eine Adresse zu hinterlassen!“

„Diese Witwe Watkins hat Ihnen ja ziemlich zugesetzt!“, sagte Ferdinand nicht ohne eine gewisse Bewunderung für die Frau.

„Sie war wie ein Bluthund und schlimmer als jeder Detective von Scotland Yard!“, antwortete Kagenbusch. „So eine Hartnäckigkeit bei der Verfolgung meiner Gaunerei hatte ich noch nie erlebt und erst recht nicht in ihrem Fall erwartet!“

„Und irgendwann hat sie Sie dann erwischt!“, mutmaßte Ferdi.

„Sie hatte in den diversen Orten Anzeigen gegen mich gemacht und in der Nähe von Middlesbrough in England hat mich die Polizei dann geschnappt. Ab dem 13. September 1872 wurde ich verhört und am 16. September wurde ich im ‚House of correction' in Northallerton inhaftiert. Bereits zwei Tage später fand in Middlesbrough der Gerichtsprozess statt. Angeklagt war ich wegen der Erlangung verschiedener Geldbeträge durch Vortäuschen falscher Tatsachen."

„Und wie endete der Gerichtsprozess?", fragte Ferdinand.

„Am 18. Oktober 1872 wurde ich zu 5 Jahren Zwangsarbeit verurteilt!", antwortete Kagenbusch.

Ferdinand sog hörbar die Luft ein und sagte: „Das war ein sehr hartes Urteil!"

„Schon, aber ich habe mir im Nachhinein – als ich den Bekannten traf, der mich über den Tod meiner Frau und meiner Stieftochter unterrichtete – gesagt, dass diese Verurteilung vermutlich die gerechte Strafe für mich war, weil ich meine Frau im Stich gelassen und damit Schuld an ihrem Tod war!", sagte der alte Mann.

„Mussten Sie die 5 Jahre komplett absitzen?", wollte sein junger Zimmergenosse wissen.

„Bis zum letzten Tag!", antwortete Peter Kagenbusch. „Da gab es kein Pardon!"

„Das heißt, Sie waren bis Ende 1877 aus dem Verkehr gezogen!", stellte Ferdinand fest.

„Ja, das sollten die längsten 5 Jahre meines Lebens werden, das kann ich Dir sagen!", erinnerte sich der alte Mann an die schlimme Zeit im Zuchthaus. „Ich will mich nicht daran erinnern und auch nicht weiter darüber sprechen!"

„Das müssen Sie nicht, wenn Sie nicht möchten", zeigte Ferdinand Verständnis für das Unwohlsein des Alten. „Was haben Sie denn nach Ihrer Entlassung aus dem Gefängnis gemacht? Mit einem ehemaligen Strafgefangenen will doch in der Regel niemand etwas zu tun haben!"

„Nun ich hatte gleich nach meiner Entlassung in Newcastle upon Tyne mit zwei Partnern eine Firma zur Metallveredlung gegründet. Im Nachhinein gesehen war das viel zu überstürzt gewesen, denn ich hatte ja fünf lange Jahre nicht am wirklichen Leben teilgenommen. Ich musste mich erst einmal wieder an ‚da draußen' gewöhnen. Außerdem waren mir meine Instinkte, was die Auswahl von Geschäftspartnern anging, im Knast ein wenig abhanden gekommen. Nach nur einem Vierteljahr habe ich mich von meinen beiden Geschäftspartnern schon wieder getrennt. Ich glaube ihre Namen waren Kerr und Sekler."

„Sie lebten zu diesem Zeitpunkt also an der Ostküste Englands, quasi an der Nordsee, richtig?", wollte Ferdinand wissen.

„Ja, aber dort blieb ich nicht lange. Ich bin relativ schnell weiter in den Süden Englands gezogen, nach Leeds, wo ich mich besser auskannte. Dort habe ich 1879 ein Patent angemeldet, um Ton mit Flussmitteln zu schmelzen, dann unter Zusatz von Zink und dergleichen durch den elektrischen Strom zu zersetzen und aus der erhaltenen Aluminiumbleilegierung das Aluminium durch Kupellation zu gewinnen."

„Das Verfahren hört sich recht kompliziert an. Hat es denn funktioniert?", fragte Ferdinand misstrauisch.

„Keine Ahnung!", sagte Kagenbusch. „Ich habe es nie selbst ausprobiert, aber Hauptsache ich besaß wieder ein Patent, mit dem ich auf die Suche nach neuen Geschäftspartnern und Geldgebern gehen konnte!"

„Dem entnehme ich, dass Sie auch durch 5 Jahre Haft nicht gebessert wurden und weiterhin versuchten, durch Betrug und Schwindel Ihr Geld zu verdienen!", stellte Ferdinand resigniert fest.

„Was hätte ich machen sollen?", fragte Kagenbusch. „Ich hatte keine finanziellen Rücklagen, keine Familie zu der ich hätte zurückgehen können und zu herkömmlicher, regelmäßiger Arbeit taugte ich auch nicht. Da hieß es also weiterhin: ‚Schuster bleib bei deinen Leisten'!"

Ferdinand schüttelte den Kopf. Bei dem Alten war Hopfen und Malz verloren!

„Ich gönne mir eine kleine Verschnaufpause, dann erzähle ich Dir von Schottland!". Damit machte der alte Mann seinem Zimmergenossen Appetit auf mehr und sein Grinsen zeigte, dass er das wusste!

## Lachs und Weißwein

Bevor der alte Mann weiter erzählen konnte, brachte Schwester Hildegard das Abendbrot.

„Sie kommen wie gerufen, meine Liebe!", sagte der Alte. „Wenn ich esse, kann ich nicht erzählen und das tut meiner Stimme und meiner Lunge gut!"

„Sie sollen doch auch gar nicht soviel sprechen, hat Dr. Koch gesagt!", tadelte ihn die Krankenschwester obwohl sie wusste, dass das nichts ändern würde.

„Was gibt es denn heute zum Abendbrot?", wollte Ferdinand wissen, der schon wieder Hunger hatte.

„Wenn Sie sich noch eine Minute gedulden, können Sie es selbst sehen!", erwiderte die Krankenschwester.

Sie ging hinaus zu ihrem Rollwagen mit den Tabletts, den sie wie üblich vor der Tür des Krankenzimmers geparkt hatte. Die beiden Tabletts in ihren Händen balancierend, kehrte sie zurück zu ihren „hungrigen Wölfen", dann stellte sie jedem der beiden Patienten ein Tablett auf seinen Nachttisch.

Ferdinand besah sich die Sachen, die auf dem Teller lagen und zählte sie laut auf: „zwei kleine Scheiben Graubrot, Butter, Wurst und 2 eingelegte Gurken; dazu eine Tasse mit Kräutertee."

„Ziemlich übersichtlich!", sagte der der junge Mann enttäuscht.

„Also ich habe Weißbrot, ein Tomate, Sahnemeerrettich, geräucherten Lachs und ein Glas Rieslingwein!", sagte der Alte.

„Waaas!", rief Ferdinand aus. „Wieso bekommt er ein fürstliches Mahl und ich bekomme gefühlt jeden Abend das gleiche, nach nichts schmeckende Abendbrot von dem ich nicht einmal satt werde?"

Erst als er das schallende Gelächter des Alten und der Krankenschwester hörte, wusste er, dass er auf den größten Schwindler aller Zeiten reingefallen war!

„Herr Kagenbusch hat natürlich das gleiche Essen wie Sie, Ferdinand!", sagte Schwester Hildegard und musste noch immer lachen.

## Kildonan

Peter Kagenbusch hatte nach dem Abendbrot ein wenig geschlafen. Als er die Augen aufschlug bemerkte er, dass Ferdinand ihn gebannt anstarrte und sagte nur: „Schottland?"

„Sehr gerne!", erwiderte Ferdinand erfreut.

Der Alte nahm also wieder sein Buch in die Hand, setzte die Brille auf und schlug die Stelle im Buch auf, wo er zuletzt stehen geblieben war – inzwischen war es so etwas wie ein liebgewonnenes Prozedere geworden.

Als er die richtige Stelle gefunden hatte, sagte der Alte:

„Gut. – Es war 1880 und ich wieder auf der Suche nach gewinnbringenden Projekten und privaten Einnahmen, da bei mir im Geldbeutel wie so oft Ebbe herrschte. In der Zeitung las ich von einem kleinen, weit oben in Schottland gelegenen Ort namens Kildonan, der mir bis dato völlig unbekannt gewesen war. Dort hatte es 1869 eine Art Goldrausch gegeben, dessen Funde jedoch so unrentabel waren, dass dieses Kapitel bereits am Ende desselben Jahres schon wieder beendet war! Der örtliche Pfarrer, ein

Reverend Joass, der sich außerdem als Altertumsforscher und Hobbygeologe betätigte, wollte 1880 gerne die Quelle des gut zehn Jahre zuvor gefundenen Goldes finden und entnahm an verschiedenen Stellen des Flusstales Proben, die er in London analysieren ließ. Einige der Proben bewiesen zwar, dass es in der Gegend tatsächlich Gold gab, aber die Goldmenge reichte nicht aus, um einen Abbau auf herkömmliche Weise zu lohnen. Außerdem befürchtete der Herzog von Sutherland durch die mit den Grabungen nach Gold einhergehenden Oberflächenzerstörungen Auswirkungen auf die Landwirtschaft."

Ferdinand hörte interessiert zu.

„Insofern war der Zeitungsartikel relativ nichtssagend und von seiner Aussage her eher pessimistisch, was mögliche Goldvorkommen und deren Gewinnung anging, aber meine Neugierde war geweckt! Dass in dem Ort vor 10 Jahren bereits Gold gefunden worden war und einige Leute vor Ort daran verdient hatten, war eine sehr gute Voraussetzung, um den Bewohnern der Gegend einen zweiten Goldrausch schmackhaft zu machen!"

Ferdi verstand, worauf der Alte hinauswollte und nickte.

„Ich erschien im Juni 1880 auf der Bildfläche und nannte mich John Peter Dunker. Ich wohnte im ‚Commercial Inn' in Helmsdale, das nach seinem Wirt auch Ross's Hotel genannt wurde. Nach einigen Nachforschungen vor Ort kontaktierte ich James Peacock, den Mittelsmann des Herzogs für den Osten von Sutherland, der wiederum den Rat von Pfarrer Joass einholte."

„Warum nannten Sie sich Dunker?", wollte Ferdi wissen.

„Ich dachte, dass der Name Kagenbusch in England und Wales inzwischen ‚verbrannt' sei, d.h. negativ belastet ist, falls jemand Nachforschungen über mich anstellen sollte. Daher habe ich einfach den Mädchennamen meiner Mutter verwendet!"

„Stimmt, Sie hatten diesen Namen zu Beginn ihrer Erzählungen erwähnt, aber er war mir entfallen!", entschuldigte sich Ferdinand.

„Kein Problem, mein Junge. Du hast ja ziemlich viele Namen von mir gehört!", meinte der Alte und fuhr fort:

„Ich durchstöberte einen Teil des Flusstals auf der Suche nach Gold, und sorgte selbst dafür, dass dies auch der örtliche Grundstücksverwalter des Landguts, William Ross, erfuhr, damit dieser dem Herzog darüber berichten konnte. Außerdem prahlte ich vor allen möglichen Leuten, hauptsächlich in der örtlichen Kneipe mit meinem Können, so dass es in Kildonan schon bald hieß ‚ich könne Gold aus dem härtesten Stein extrahieren'!"

Ferdinand mochte diese angeberische Art des alten Mannes nicht und blickte missmutig drein.

„Dunker – also ich – schlug vor, bis zu zwei oder drei Schiffsladungen angeblich goldhaltigen Materials aus der Nähe der Suisgill- oder Kildonan-Burns zu Experimenten mitzunehmen. Ich behauptete eine Firma in Leeds zu besitzen und, dass ich in den 1840er Jahren Manager des Marquis of Normanby in Whitby gewesen sei. Seitdem sei ich in verschiedenen Teilen des Kontinents unterwegs, um Blei-, Kupfer- und Silberminen zu inspizieren."

„Na irgendwie hat Letzteres ja auch gestimmt, wenn ich an Ihre Unternehmungen in Waldeck, Bernkastel und der Eifel denke!", stimmte Ferdinand ihm zu.

„James Peacock, der Mittelsmann des Herzogs, konnte mich jedoch nicht leiden und war überzeugt, dass mein eigentliches Ziel darin bestünde, mit dem Glauben an mein wunderbares Verfahren Geld zu verdienen und nicht, die Operation auf eigene Rechnung durchzuführen!"

„Er war Ihnen also nicht ‚auf den Leim gegangen'!", stellte Ferdinand fest.

„Nein", erwiderte Kagenbusch, „und dementsprechend vorsichtig musste ich zu Werke gehen!"

Ferdinand nickte wieder und der Alte erzählte weiter:

„Ich wurde informiert, dass der Herzog sich weigerte, mit dem eigentlichen Goldabbauprozess etwas zu tun zu haben, aber keine Einwände gegen die Mitnahme von 200 bis 300 Tonnen Material hätte, sofern ich mich verpflichtete, alle Ansprüche auf Ersatz von Oberflächenschäden zu erfüllen.

In der Zwischenzeit hatte ich in Helmsdale meine Arbeit aufgenommen, einen kleinen Ofen in einem Haus in der Dunrobin Street errichtet und mit dem Schmelzen des Gesteins begonnen, das ich aus Torrish und anderen Teilen des Flusstales geholt hatte. Das Dorf war in heller Aufregung: Es wurde ‚nur über Gold gesprochen' und es herrschte große Aufregung unter der Bevölkerung!"

„Wie haben Sie das Gestein verarbeitet?", interessierte sich der junge Bergmann.

„Zunächst ließ ich das Gestein brennen und es dann mit Hämmern zu feinem Pulver zerschlagen, dann wurde das Pulver in konische Tiegel gefüllt und in den Ofen gestellt, um das Gold zu gewinnen. Ich sorgte dafür, das beispielsweise der Hafenmeister Donald Mackay Zeuge dieses Prozesses wurde. Ich erklärte ihm, durch einen chemischen Prozess fiele das geschmolzene Gold in die kurze konische Spitze am Boden des Tiegels und behielte diese Form nach dem Abkühlen bei. Mackay bestätigte später gegenüber Jedermann, dass er ein so geformtes Goldstück gesehen hatte."

„Das Gold hatten Sie natürlich vorher selbst unauffällig unten in den Tiegel verbracht?", vermutete Ferdinand.

„Selbstverständlich!", gab Peter Kagenbusch offen zu. „Außerdem blieb die genaue Art dieses Prozesses mein Geheimnis!"

„Meine Zeugen, Ross und Mackay, berichteten gegenüber anderen, dass aus 12 Unzen Gesteinspulver ein Pennygewicht Gold gewonnen worden sei und am nächsten Tag etwa eine Unze Gold aus vier bis fünf Pfund Staub", erklärte der Alte.

„Beide Männer hatten dies jedoch nur von Ihnen selbst erfahren, richtig?", war sich Ferdinand sicher und der alte Mann bestätigte abermals seine Vermutung.

„Ich hatte Lagerraum für das Gestein in Gordon Macintoshs Lagerplatz gemietet und mich nach den Kosten für den Transport nach England erkundigt.

135

Der Lagerplatz lag am alten Hafen an der Ecke Shore Street und Stafford Street", erklärte Kagenbusch.

Dann fügte er hinzu: „Die Nachricht von meinem Vorhaben verbreitete sich und am 1. Juli verkündete der ‚Inverness Courier':

*Es besteht Aussicht auf eine Wiederaufnahme der Goldgewinnung in Kildonan, Sutherlandshire. Ein Deutscher testet derzeit die Goldproduktionseigenschaften des Quarzes, der an mehreren Stellen im Flusstal gewonnen wurde. Die Ergebnisse sollen sehr vielversprechend sein.*"

Als wenn Ferdinand das nicht klar gewesen wäre, sagte der Alte: „Mit dem Deutschen war natürlich ich gemeint", und legte den vorgelesenen Zeitungsausschnitt wieder in sein Buch zurück.

Kagenbusch blätterte auf die nächste Seite seiner Notizen und erzählte weiter:

„Ich nahm ein Angebot des Herzogs an, und am Samstag, dem 3. Juli, traf ich mich mit Peacock im Flusstal, um den Umfang der Arbeiten zu besprechen. Auch George Greig, der für die Landgewinnung im oberen Teil des Flusstal zuständige Verwalter des Herzogs, war anwesend. Es wurde eine formelle Vereinbarung getroffen, die es mir erlaubte, bis zu 300 Tonnen Material aus einem abgesteckten Gebiet zu entfernen. Das Material sollte so abgebaut werden, dass Boden und Weide möglichst wenig Schaden nahmen. Alle Oberflächenschäden mussten bezahlt werden, und ich musste dafür eine Kaution von 10 Pfund hinterlegen. Um die Schäden an der öffentlichen Straße zu begrenzen, sollte das Material zum nächstgelegenen Bahnhof – entweder Kildonan oder Kinbrace – gebracht werden. Alle Arbeiten mussten bis zum 31. August abgeschlossen sein, und ich musste den Anspruch der Krone auf ein Zehntel des Wertes des gesamten geförderten Goldes und Silbers abrechnen."

„Es lief scheinbar gut für Sie", warf Ferdinand ein.

„Sicher! Ich versprach ‚wunderbare Ergebnisse' und experimentierte eifrig an kleinen Gesteinsproben, während zwei größere Öfen fertiggestellt wurden – einer war bereits fertig und würde bald trocken sein. Diese größeren Öfen sollten es mir ermöglichen, täglich einen Zentner Schotter zu schmelzen. Außerdem behauptete ich, beträchtliche Mengen Silber gefunden zu haben. Peacock gegenüber erklärte ich, ich hätte ‚einen unbegrenzten Vorrat an allem Wertvollen' entdeckt."

„Na, war das nicht ein bisschen dick aufgetragen?", meinte sein Bettnachbar.

„Die Einwohner von Helmsdale warteten gespannt auf die Ergebnisse meiner Experimente – wie es bei vielen armen Leuten nicht anders zu erwarten war, die den Gerüchten über meine großartigen Versprechungen und mysteriösen Leistungen beim Schmelzen kleiner Steinproben oder meiner Darstellung von Chemikalien und Tiegeln lauschten", berichtete der Alte.

Weiter fuhr er fort: „In der Zwischenzeit hatte ich die von mir angestellten Männer mit der Beschaffung von Rohmaterial beauftragt. Am 12. Juli fuhr der Grundstücksverwalter Ross mit dem Zug nach Kinbrace und ging zu Fuß das Flusstal hinunter, um die Stellen zu untersuchen, in denen meine Männer

Steine zum Goldschmelzen aussuchten. Nahe der Brücke über den Kinbrace Burn befand sich ein zwei Tonnen schwerer Steinhaufen. Weiter oben am Bach fand Ross zwei Männer, die mit Zinnbecken Gold wuschen. Ross forderte sie auf, damit aufzuhören, und ich musste ihm am Abend versprechen, ihnen keine weitere Arbeit zu geben."

„Begann dann die Verarbeitung von mehr Gesteinsmaterial?", fragte Ferdinand.

„Von wegen!", antwortete ihm Peter Kagenbusch. „Mitte Juli begann die Zeit des Heringsfangs und brachte einen enormen Zustrom von Menschen nach Helmsdale so dass wahrlich jeder freie Platz besetzt war. Mein Laden in der Dunrobin Street war mit Fischern belegt, und ich musste einen Teil meiner Fläche in Macintoshs Räucherhof aufgeben.

Es sah so aus als müsste ich die Schmelzerei einstellen bis der Heringsfang Ende August beendet war!"

Peter Kagenbusch nahm die Brille ab und machte in die Seite seines Buches, die momentan aufgeschlagen war, ein Eselsohr.

„Tut mir leid, mein Freund", sagte er zu Ferdinand. „Aber die Müdigkeit überfällt mich gerade wieder und ich habe das Gefühl, meine Lider sind bleischwer!"

Kaum hatte er das gesagt, war der alte Mann eingeschlafen.

# Gute Nacht

Schwester Hildegard kam in Zimmer 7, um die Tabletts vom Abendbrot abzuräumen. Sie sah, dass der alte Mann schon wieder schlief, aber das war für ihn in den letzten Tagen ja nichts Ungewöhnliches. Sie hatte alle anderen Zimmer schon abgeräumt und damit eigentlich Feierabend, wollte aber noch ein paar Minuten mit Ferdinand verbringen, bevor Sie nach Hause ging. Es hatte ihr gefallen, dass Ferdi Sie wiedersehen wollte und im Park ihre Hand gehalten hatte, auch wenn sie davon zunächst überrascht worden und rot angelaufen war!

Sie bewegte sich leise auf Ferdinand zu, um den alten Mann nicht aufzuwecken. Als sie sein Bett erreicht hatte, nahm sie all ihren Mut zusammen und setzte sich auf die Bettkante, um ihm möglichst nahe zu sein. Sofort ergriff er ihre Hand und zuckte zusammen.

„Meine Güte, Schwester Hildegard!", sagte er, „Sie haben ja eiskalte Hände!"

Sie nickt und sagte: „Das ist bei mir immer so, wenn ich aufgeregt bin!"

„Und wenn sich das Blut aus Ihren Händen in Richtung Wangen verlagert hat, richtig?", sagte er und Hildegard nickte. Sie war schon wieder knallrot geworden!

„Aber es gibt doch keinen Grund aufgeregt zu sein!", flüsterte Ferdinand. „Wir sind doch hier unter uns!"

„Das ist ja das Problem!", sagte Schwester Hildegard verlegen.

139

„Ich beiße nicht!", sagte Ferdi, „und wenn doch, dann müssen Sie mich nur feste in die Rippen stoßen, dann höre ich sicher ganz schnell damit auf!"

Hildegard musste laut lachen und biss sich auf die Lippe, damit der Alte sie nicht hören und aufwachen sollte.

„Sie erzählen vielleicht ein Zeug, Ferdinand! Man könnte glauben, dass sie nicht Herr Ihrer Sinne sind ...", sagte sie.

„Daran sind nur Sie schuld, liebste Hildegard!", flüsterte er. Er legte ihre Hand auf seine Brust und sagte: „Fühlen Sie, wie schnell mein Herz schlägt, wenn Sie in meiner Nähe sind?"

Schwester Hildegard wurde wieder ganz verlegen und dachte: „Oje, wo soll das noch hinführen?"

Sie erhob sich von seinem Bett und entzog ihm ihre Hand bevor Sie sagte:

„Ich glaube es ist besser, wenn ich jetzt gehe! Als Krankenschwester habe ich die Verantwortung alles in meiner Macht stehende zu tun, damit meine Patienten auf den Weg der Besserung gelangen und so ein schneller Herzschlag ist nicht gut für Sie!", sagte sie.

Ferdinand schaute verdutzt drein. Gerade hatte er noch überlegt, ob und wie er ihr einen Kuss geben sollte und nun hielt er nicht einmal mehr ihre Hand!

„Außerdem habe ich nun Feierabend und da schickt es sich nicht, dass eine unverheiratete junge Frau alleine mit einem hübschen jungen Mann zusammen ist!" Mit diesen Worten nahm sie die beiden Tabletts und ging nach draußen in den Flur. Sie stellte die Tabletts in den Rollwagen und warf Ferdi noch eine Kusshand und ein schelmisches Grinsen zu, bevor sie die Zimmertür hinter sich schloss.

„Dieses kleine Luder!", sagte Ferdinand.

## Probleme in Helmsdale

Inzwischen war Peter Kagenbusch aufgewacht. Dass Schwester Hildegard im Zimmer gewesen war und die Tabletts vom Abendbrot abgeräumt hatte, hatte er gar nicht mitbekommen – ganz zu schweigen davon, dass zwischen Ferdinand und ihr die Funken geflogen waren.

So richtig erholt fühlte sich der alte Mann nicht, wollte aber unbedingt seine Geschichte weitererzählen. Ferdi hatte wie üblich nichts dagegen und so setzte er seine Brille auf und schlug in seinem Buch die Stelle auf, als er in Helmsdale in Schottland gewesen war.

Er fing an, zu erzählen:

„Während der zweiten Hälfte des Juli beschäftigte ich nur wenige Männer, doch gegen Ende des Monats kamen Gelder aus Leeds, mit denen ich meine Hotelrechnung bezahlen, und nach Brora fahren konnte, um dort Schamotte und Ziegel zu kaufen.

James Hill, Vertreter der British Linen Company Bank in Helmsdale, veranlasste die Übersendung eines Klumpens von meinem Metall zur Prüfung nach London. Das Metall bestand zu über 98 Prozent aus Kupfer, geringen Mengen Silber und Spuren von Gold."

„Womit alle Zweifel erst einmal beseitigt waren!",
kommentierte Ferdinand.

Kagenbusch ignorierte seinen Bettnachbarn und
fuhr mit seiner Erzählung fort:

„Mittlerweile hatte ich auch Probleme mit meinem
Vermieter Gordon MacIntosh, der mir nicht erlaubt
hatte, meine Öfen anzuheizen. Außerdem schütteten
die Fischer Wasser von oben in die Öfen und zer-
störten meine Chemikalien. Ich bat um alternative
Räumlichkeiten, doch Peacock verweigerte mir die
Nutzung eines Teils der alten Brennerei in Helmsdale oder der leerstehenden Torföfen in Brora. Der
Herzog stellte keine Unterkunft zur Verfügung, und
die Pächter in Helmsdale benötigten ihrerseits zur
Untervermietung die Erlaubnis des Herzogs!

Peacock schlug vor, ich solle das Material nach Süden bringen, dabei hatte ich bereits den Transport
von 50 Tonnen nach Leeds oder anderswo organi-
siert und Kostenvoranschläge von der ‚Highland
Railway‘ – also der lokalen Eisenbahngesellschaft –
eingeholt.

Ende Juli hatte ich zum Glück neues Geld auftrie-
ben, um einige meiner Männer zu bezahlen. Mein
Vorarbeiter Rutherford musste jedoch wegen Verun-
treuung von Geldern entlassen werden, und anschließend herrschte große Verwirrung darüber, wie
viel Geld den einzelnen Männern für ihre Arbeit zustand!

Ich fuhr nach Inverness, um den Transport der Steine nach Leeds zu organisieren. Die Steine wurden jedoch nicht versandt – ich vermute, dass Peacock der
Eisenbahngesellschaft mitgeteilt hatte, dass es sich

142

bei dem Material nicht, wie von mir behauptet, um Goldquarz, sondern lediglich um Glimmerschiefer handele, und ihnen geraten hatte, eine Vorauszahlung von mir zu verlangen!

Der Plan, das Gestein nach Leeds zu bringen, scheiterte und ich konzentrierte mich auf andere Dinge. Am 16. August verließ ich Helmsdale mit dem Zug um 6 Uhr morgens in Richtung Glasgow. Zwei Tage später telegraphierte ich, dass ich 500 Tonnen Material an ein Chemieunternehmen verkauft hätte.

Die Eisenbahngesellschaft wollte die vier beladenen Lastwagen jedoch erst in Kildonan und Kinbrace abfertigen, nachdem die Fracht bezahlt und die Lastwagen schließlich entladen worden waren. Ende August schrieb ich, ich wolle nach Helmsdale kommen und das Gestein direkt nach Glasgow bringen. Ich hatte inzwischen eine Firma namens ,The Precious Metal Smelting Company' gegründet und behauptete, eine große Schmelzanlage für über 1000 Pfund gekauft zu haben."

„Doch weder Dunker noch Geld tauchten auf!", vermutete Ferdinand.

„Junger Freund, Sie kennen mich beinahe so gut wie ich mich selbst!", lobte ihn der Alte, dann erzählte er weiter:

„Ich ließ durch meinen neuen Assistenten MacLeod erklären, dass ich eine Verlängerung der Vereinbarung zur Abnahme des restlichen Teils der 300 Tonnen Gestein wünsche. In der Zwischenzeit wollte ich MacLeod nach Helmsdale schicken, um etwaige Rechnungen zu bezahlen und die Weiterleitung des Materials zu veranlassen.

MacLeod wurde von Seiten des Landguts mitgeteilt, dass der Herzog keine Einwände gegen Herrn Dunkers Abtransport der bereits an den Bahnhöfen Kildonan und Kinbrace gesammelten Steine habe – er, der Herzog, sei jedoch nicht bereit, die Genehmigung auf weitere Lieferungen auszuweiten! Die Steine wurden an den Bahnhöfen auf Eisenbahnwaggons umgeladen und Anfang Oktober nach Glasgow transportiert.

Die Haltung des Landguts verhärtete sich, und am 19. Oktober verweigerte der Herzog mir die Erlaubnis, weitere der sogenannten Mineralien aus Kildonan oder Kinbrace abzutransportieren – oder ein Angebot für weitere Lieferungen zu unterbreiten, bis deren goldhaltiger Charakter durch die Aussage von analytischen Chemikern mit unzweifelhafter Autorität sichergestellt sei! Der Herzog lehnte es ab, seinen Namen in irgendeiner Form mit einem Plan in Verbindung zu bringen, dessen Durchführbarkeit er aufgrund seiner Erfahrung anzweifelte!"

„Damit war also die Geduld ihrer Geschäftspartner erschöpft!", konstatierte Ferdinand.

„So war es!", gab der Alte zu und sagte: „Peacock hatte den Polizeichef McHardy darüber informiert, dass ich meine Aktivitäten in Glasgow aufgenommen hätte, und schlug vor, seine Londoner Korrespondenten über meine Aktivitäten zu informieren, weil er gehört habe, dass ich dort eine oder mehrere Personen mit Geld kontaktiert hätte.

Die offiziellen Ermittlungen gegen Dunker – also mich – dauerten an und Mitte November 1880 wurde mir der Boden zu heiß und ich verließ Schottland!"

„Also waren Sie nicht mal ein halbes Jahr in Schottland!", stellte Ferdinand korrekt fest.

„Das stimmt, junger Freund", antwortete der Alte. „Aber es ist schon spät und ich bin schon wieder müde! Morgen geht es weiter – falls der liebe Gott mir noch einen weiteren Tag schenkt ..."

Er legte Buch und Brille beiseite und schloss seine Augen.

## Ein gekochtes Ei

Es war kurz nach 6 Uhr morgens, als Schwester Hildegard Krankenzimmer Nr. 7 betrat und den beiden dortigen Patienten einen guten Morgen wünschte.

Sie erhielt keine Antwort, es sei denn man zählte das Schnarchen als solche! Beide Männer waren noch fest am schlafen, aber es nutze ja nichts, sie mussten ihr Frühstück einnehmen, sonst würden die ganzen zeitlichen Abläufe auf der Krankenstation durcheinander geraten. Außerdem schmeckte der Kaffee besser wenn er noch heiß war!

Hildegard ging zum Fenster und zog die Vorhänge auf, so dass die Morgensonne den Raum durchflutete. Ferdinand quittierte die plötzliche Helligkeit mit einem lauten Grummeln und zog sich die Bettdecke über den Kopf, während der alte Mann etwas Zeit benötigte, um zu erkennen, wo er war. Auch er sah noch müde aus.

Schwester Hildegard zog Ferdinand die Bettdecke weg und er ließ sicherheitshalber los. Gestern hatte er es darauf ankommen lassen, weil er dachte er sei der Stärkere von ihnen beiden, musste aber schnell und schmerzhaft erkennen, dass seine angebrochenen Rippen nicht auf seiner Seite waren!

Vorsichtig spähte er durch die leicht geöffneten Finger seiner linken Hand, die er sich zum Schutz vor dem hellen Tageslicht vor die Augen hielt.

„Schwester Hildegard", sagte er. „Wenn Sie sich abends von uns verabschieden, dann denke ich immer, Sie sind ein Engel, weil Sie uns so gut umsorgen und jeden morgen in der Früh reißen Sie mein ganzes Weltbild mit so einer Aktion wieder ein!"

Sie musste laut loslachen und Ferdi stimmte mit ein, soweit es seine verletzten Rippen zuließen.

„Was sind Sie doch für ein Charmeur!", sagte sie zu ihm und ging in den Flur. Von dort kam sie mit zwei Tabletts zurück und stellte jedem Patienten eines davon auf seinen Nachttisch.

„Was gibt's denn heute zum Frühstück?", wollte der alte Mann wissen.

„Es gibt eine Scheibe Brot, 1 Tasse Kaffee, 2 Scheiben Käse ...", sagte die Krankenschwester, als Ferdi sie unterbrach und sagte:

„Also das Übliche!"

„Nein!", entgegnete sie. An Ferdi gerichtet fuhr sie fort:

146

„Und wenn Sie weiter so frech sind, dann bekommt Herr Kagenbusch beide Eier und Sie Frechdachs kriegen gar keins!"

„Schon gut, Schwester", sagte der alte Mann. „Lassen Sie ihm ruhig das Ei – mir reicht eines vollkommen aus!"

„Da haben Sie ja nochmal Glück gehabt!", sagte die Schwester mit einem Grinsen zu Ferdinand und stellte ihm das Tablett mit dem Frühstück auf seinen Nachttisch.

Sie wandte sich dem alten Mann zu und fragte:

„Na, Herr Kagenbusch, Sie freuen sich vermutlich wieder am meisten auf den frischen Bohnenkaffee, stimmt's?"

„Heute nicht!", entgegnete der alte Mann zu ihrer Überraschung. „Heute freue ich mich auf das gekochte Ei. Hier im Krankenhaus gibt es nämlich 5-Minuten-Eier, da kann man schön einen Streifen Brot in den noch flüssigen Eidotter tunken! Meine Mutter kochte früher die Eier immer 10 Minuten oder länger, bis sie steinhart waren, aber ich mag diese 5-Minuten-Eier viel lieber und die gab's nur bei meiner Oma!

„Sie sind ja einfach zufrieden zu stellen!", meinte die Krankenschwester.

„In meinem Alter kommt es nicht mehr auf die großen Dinge an", antwortete ihr der Alte. „Da ist eine schöne Erinnerung aus der Kindheit mehr wert als die meisten anderen Dinge!"

Schwester Hildegard nickte zustimmend und verließ nachdenklich Zimmer 7.

147

# Zurück in Wales

Nachdem die Morgentoilette erledigt war, fühlte sich der alte Mann erschöpft. Er wollte eigentlich nur noch schlafen, aber es galt für ihn noch eine Aufgabe zu erfüllen – er musste seine Lebensgeschichte zu Ende erzählen! Nur dieser Gedanke trieb ihn noch an.

Seinen jungen Zimmergenossen, dem es von Tag zu Tag besser ging, brauchte er wie üblich nicht dazu zu überreden, ihm zuzuhören, denn zum einen war er wohl wirklich an seiner Geschichte interessiert und zum anderen war ihm wieder langweilig. Was sollte er auch groß tun? Aufstehen konnte er wegen seiner noch immer schmerzenden Rippen nur schlecht und das gebrochene und in Gips verpackte Bein musste weiterhin hoch gelagert werden.

Der alte Kagenbusch nahm wieder sein Buch zur Hand, setzte seine Brille auf und schlug die Stelle auf, an der er gestern Abend mit der Erzählung geendet hatte.

„Wir waren an der Stelle, als ich Kildonan und Schottland verließ, korrekt?", fragte der Alte sicherheitshalber.

„Korrekt!", erhielt er zur Antwort.

„Also, ich begab mich zunächst in die Nähe von Leeds in England", begann der alte Mann die Fortsetzung seiner Geschichte. „Zum einen kannte ich mich dort von früher her aus, zum anderen wollte ich einige Meilen zwischen Schottland und mich bringen!"

„Verständlicherweise ...", bemerkte Ferdinand.

„Meine Geschäfte wollten irgendwie nicht so richtig in Schwung kommen – vielleicht wurde ich auch einfach nur langsam alt – in jedem Fall bewegte ich mich im Laufe der Monate Richtung Süden, immer auf der Suche nach einer sich bietenden Geschäftsmöglichkeit. Im Frühjahr 1881 begab ich mich wieder nach Wales", erzählte der Alte.

„Was?", sagte Ferdi ungläubig! „Wegen ihrer dortigen Geschäfte hatten Sie doch erst 5 Jahre Zuchthaus abgesessen, war das nicht sehr riskant?"

„Schon, aber so lange ich mir nichts Neues zu Schulden kommen ließ, war ich sicher. Außerdem wusste ich nicht wohin ich sollte. Vielleicht bin ich auch einfach ziellos in der Gegend herumvagabundiert und fand mich plötzlich in Wales wieder – ich weiß es nicht mehr!", sagte Peter Kagenbusch.

„Ende Mai las ich in der Zeitung ‚The Cardiff Times' von zwei Männern namens Hathorn und Readwin, die in Wales im Goldbergbau tätig waren und sich für Kildonan interessierten. Ich kontaktierte sie und im Juni 1881 verabredeten wir uns zu einem Treffen. Bei meinem Besuch erzählte ich ihnen von meinem Verfahren zur Behandlung und Gewinnung von Gold aus meinen Matrizen. Readwin schien sich ziemlich gut in der Materie auszukennen und meinte, wenn ich hinbekäme, was ich behauptete, dann würde der Herzog von Sutherland mit seinen Quarzriffen viel Geld verdienen können!

Bei unserer Begegnung beschwerte ich mich außerdem lautstark über die Leute aus Helmsdale und erzählte den beiden, dass diese mir Wasser in den Schornstein gegossen und sich anderer Behinderun-

149

gen schuldig gemacht hatten. Ich sagte in etwa, dass die lokale Bevölkerung es vorzöge, Schafe und Hirsche usw. zu züchten, anstatt im Quarz unter ihren Füßen Gold und Silber zu finden! Die beiden Bergbauexperten waren über meine Schilderungen sichtlich amüsiert.

Unser Gespräch verlief meiner Meinung nach gut, bis Readwin meinte, er wolle noch mit James Peacock darüber sprechen, wie gut meine Methode in Kildonan funktioniert habe!"

„Autsch!", sagte Ferdinand, „Was der sagen würde, konnten Sie sich ja denken!"

„Exakt!", erwiderte der alte Mann. „Ich sprach noch ein wenig über belangloses Zeug und verabschiedete mich dann relativ rasch von den beiden. Auch Wales verließ ich kurz darauf, denn ich dachte, es sei besser, mich nicht an einer Stelle aufzuhalten über die meine früheren Geschäftspartner in Schottland Kenntnis hatten. Immerhin hatte ich bei der Förderung der 300 Tonnen Gesteine weit mehr Schäden an der Oberfläche des Geländes hinterlassen, als durch meine 10 Pfund Kaution abgedeckt waren!

„Sind Sie von Wales aus dann wieder ins Deutsche Reich, in die Rheinprovinz, zurückgekehrt?", wollte Ferdinand wissen.

„Nein", sagte der Alte, „zunächst habe ich mein Glück wieder in London versucht!"

Ferdinand war ein wenig überrascht, aber der alte Mann war vermutlich sein ganzes Leben lang unberechenbar gewesen, dachte er.

„Nun ja", fuhr der Alte fort, „die Geschäfte liefen schlecht, so dass ich mich wieder als Chemiker betätigen musste. Ich nannte mich ‚John Peter Kagenbusch' und hatte mir ein Gebäude in der Glengall Road, Ecke Old Kent Road, im Stadtteil Surrey gemietet, in dem ich auch wohnte.

„Waren Sie erfolgreich?", fragte Ferdinand.

„Was soll ich sagen? Es kam wahrscheinlich wie es kommen musste – ich ging wieder pleite! Kurz vor Weihnachten 1882 wurde ich von einem Londoner Konkursgericht in Lincoln's Inn Fields, Grafschaft Middlesex, für insolvent erklärt und die erste Hauptversammlung der Gläubiger wurde für Mitte Januar 1883 angesetzt. Das Gericht hatte mich als Konkursschuldner angewiesen, zur Prüfung zu erscheinen und eine Vermögensaufstellung gemäß den gesetzlichen Bestimmungen vorzulegen."

„Sind Sie dem nachgekommen?", wollte Ferdi wissen.

„Nein, ich hielt es für besser, mich ‚vom Acker' zu machen. Ich wollte nicht wieder ins Zuchthaus gehen müssen, so wie zehn Jahre zuvor in Wales!", lautete Kagenbuschs Antwort.

„Dann also wieder zurück in die Rheinprovinz?", fragte Ferdinand vorsichtig nach.

„Was sollte ich dort? Dort hatte ich doch Nichts und Niemanden mehr! Nein, ich wollte noch einmal etwas Neues ausprobieren. Ich ging auf die Siebzig zu und mir war klar, dass das vermutlich meine letzte Chance auf einen Neuanfang sein würde", antwortete Peter Kagenbusch.

„Mutig, mutig!", sagte Ferdi anerkennend. „Nun spannen Sie mich nicht so auf die Folter! – Wo ging's hin?"

„Frankreich!", sagte der Alte.

## Graupensuppe

Bevor Ferdinand etwas auf die letzte Aussage des Alten erwidern konnte, stand Schwester Hildegard im Zimmer. Das bedeutete wohl, dass es Zeit für das Mittagessen war, denn so langsam verspürte Ferdi etwas Kohldampf.

Schwester Hildegard ging zurück in den Flur an ihren Rollwagen und nahm das erste Tablett herunter.

„Meine Herren, es tut mir leid!", sagte Sie. Es gab heute in der Küche ein paar Komplikationen mit einem dem Herde, so dass das eigentlich für heute vorgesehene Gericht nicht zubereitet werden konnte. Außerdem wird es keinen Nachtisch geben, wofür sich die Küche vielmals entschuldigt."

„Und was gibt es zu essen?", wollte Ferdinand wissen.

„Eine Suppe – gewissermaßen als Notlösung!", antwortete die Krankenschwester und stellte das erste Tablett auf den Nachttisch des alten Kagenbusch.

Der alte Mann nahm den Löffel und rührte damit die Suppe auf, die ihm schon ziemlich verdächtig gerochen hatte.

„Um Himmels Willen! Graupensuppe!", rief er. „Die esse ich nicht, lieber bleibe ich hungrig!"

„Aber Herr Kagenbusch, das ist doch eine gute Suppe!", sagte Schwester Hildegard. „Da ist kleingewürfeltes Gemüse und Kräuter drin und auch etwas ausgelassener Speck, habe ich mir sagen lassen."

„Von mir aus kann da auch Blattgold drin sein!", sagte der Alte trotzig. „Diese Suppe kann und will ich nicht essen, basta!"

„Aber warum denn nicht?", wollte die Krankenschwester wissen.

„Wenn mir eines dieser aufgequollenen Gerstenkörner hinten ans Zäpfchen kommt, dann hebt es mir und ich muss mich vielleicht übergeben! Das Problem hatte ich schon als Kind, aber damals hat meine Mutter die Suppe zur Not in mich reingeprügelt, nach dem Motto: ‚Was auf den Tisch kommt das wird auch gegessen!' Das musste ich als Kind notgedrungen erdulden, aber heute als erwachsener, alter Mann sage ich dazu: ‚Nein! Nein! Und nochmals Nein!'", gab der Alte zur Erklärung an.

Schwester Hildegard sah, dass hier wohl mit guten Worten nichts zu erreichen war und sagte: „Ich schaue gleich mal nach, ob ich in der Küche nicht wenigstens ein Butterbrot für Sie bekomme!"

## Der Direktor der pneumatischen Uhren

Der alte Mann und sein junger Zimmerkollege hatten ihr Mittagessen beendet. Peter Kagenbusch fühlte sich müde, so wie seit Tagen schon. Er wollte aber nicht wieder ein Nickerchen machen, sondern endlich Ferdinand die Geschichte seines Lebens zu Ende erzählen, daher griff er wieder zu seinem Buch.

„Mit ‚Frankreich‘!", hatten Sie mich vor dem Mittagessen auf die Folter gespannt!", sagte Ferdinand.

„Ganz genau!", entgegnete der Alte, während er noch nach der Stelle im Buch suchte, wo es weiterging.

„Sprechen Sie denn auch Französisch?", wollte Ferdi wissen.

„Überhaupt nicht!", antwortete ihm der alte Mann. „Aber ich war mir sicher, dass es in einer solch großen Metropole wie Paris genügend Geschäftsleute geben würde, die entweder Deutsch oder Englisch sprachen!"

„Paris!", sagte Ferdinand und war sichtlich beeindruckt. „Von dieser Stadt sollte man das wohl annehmen können", pflichtete er dem Alten bei.

„Ich mietete mir also aufgrund knapper finanzieller Mittel in irgendeiner heruntergekommenen Bude im 17. Arrondissement ein kleines Zimmer und begann meine Fühler auszustrecken. Im Laufe der Zeit lernte ich ein paar Deutsche kennen und auf einem dieser Treffen stellte man mir einen gewissen Herrn Popp vor. Viktor Popp war ein österreichischer Uhrmacher, der zusammen mit einem Herrn Resch und einem weiteren Herren, dessen Name mir entfallen ist, 1877 ein Patent auf sogenannte ‚pneumatische Uhren‘ erhalten hatte", erzählte der Alte.

„Diese Uhren wurden mit Pressluft betrieben?", fragte Ferdinand erstaunt.

„Alle Achtung", erwiderte Kagenbusch, „da spricht ein Mann der Technik! Popp hat mir die Konstruktion mal erklärt und vor Ort gezeigt. Kohlebefeuerte Dampfmaschinen treiben die Luftkompressoren von einer zentralen Anlage aus an. Die Druckluft aus der Anlage wird in einem Hochdrucklufttank gespeichert. Von dort gelangt sie über einen Druckregler in einen Niederdruckspeicher. Ihre Freigabe wird durch eine Verteileruhr gesteuert. Die Antriebsgewichte werden durch Druckluft angehoben, um die Uhr am Laufen und pünktlich zu halten.

Ein automatischer Zeitgeber öffnet ein Ventil, um jede Minute einen 20-sekündigen Luftstoß abzugeben. Anschließend schließt sich das Ventil für 40 Sekunden. Der Zyklus von 20 Sekunden ‚Ein' und 40 Sekunden ‚Aus' wiederholt sich jede Minute. Der Luftstoß gelangt zu jeder empfangenden Uhr, sei es in einem Privathaus, Büro, einer Straße oder einem öffentlichen Gebäude, und stellt den Minutenzeiger um eine Minute vor. Die Luft strömt durch ein Rohrsystem, das größtenteils durch die Pariser Kanalisation verläuft. Es gibt zwei Verteileruhren. Falls eine von ihnen ausfällt, ertönt ein Alarm, und ein Arbeiter kann einen Hebel betätigen, um die andere Uhr in Betrieb zu setzen und den Luftstrom zu regeln. Der Schlüsselmechanismus jeder Uhr – anders als bei herkömmlichen Feder- und Gewichtsuhren – ist ein kleiner Blasebalg.

Pneumatische Uhren erfreuten sich in Paris schnell großer Beliebtheit. 1880 ließ beispielsweise das luxuriöse Hotel ‚Le Meurice' 150 pneumatische Uhren installieren!", erklärte Kagenbusch.

Ferdinand lauschte interessiert den technischen Einzelheiten.

„Aber zurück zu Popp!", fuhr der alte Mann unbeirrt fort. „Seine Erfolgsgeschichte ist wirklich interessant. 1878 hatte er zusammen mit Resch auf der Pariser Weltausstellung eine kleine Demonstrationsanlage errichtet und für ihr System hatten die beiden eine Silbermedaille erhalten. Im Jahr darauf war Popp ganz nach Paris übersiedelt, um dort seine Anlage aufzubauen. Er gründete mit seinem Partner Resch eine Firma, die den schönen Namen ‚Companie Générale des Horloges Pneumatiques Système Popp-Resch' erhielt und deren Direktor er wurde. Ihre Machbarkeitsstudie wurde allerdings in Wien durchgeführt. Eine kleine Anzahl öffentlich zugänglicher Uhren funktionierte ein ganzes Jahr lang problemlos. Als sie jedoch 1880 bei der Wiener Stadtverwaltung eine Petition einreichten, wurde ihnen das angestrebte 50-jährige Monopol verweigert. Daraufhin stellte die ‚Wiener Pneumatische Uhrengesellschaft' ihren Betrieb ein und die beiden konzentrierten sich auf Paris. Der große Moment kam im März 1880 mit der Eröffnung des öffentlichen Dienstes, darunter vier Uhren an Laternenpfählen entlang der Prachtstraßen.

Im Juli 1881 vergab Paris einen Vertrag mit der ‚Compagnie générale des Horloges pneumatiques', der ein 50-jähriges Monopol gewährt. Gemäß den Vertragsbedingungen sollte das Unternehmen die Versorgung Arrondissement für Arrondissement ausweiten, bis Ende 1886 ganz Paris über pneumatische

Uhren verfügen würde. Ende 1881 waren bereits rund 30 km Rohre durch die Kanalisation verlegt, und 750 Häuser mit insgesamt 4,000 Uhren waren an das pneumatische System angeschlossen – und das nur im ersten und zweiten Arrondissement. Sogar auf den Gullydeckeln, durch die man in die Kanalisation einsteigt, in der die pneumatischen Leitungen verlegt sind, steht der Name ‚Victor Popp'!

Es wurde viel Wert darauf gelegt, dass die Stadt als öffentliche Einrichtung mit Uhren ausgestattet werden sollte; dazu gehörten Uhren an Taxiständen und Kiosken, an Laternenpfählen montierte Straßenuhren, die Uhren des Hôtel de Ville und aller Arrondissements sowie Uhren in Polizeigerichten und Polizeistationen, städtischen Kasernen, Theatern, Schulen, Märkten, Parks und Plätzen, Kirchen und sogar Schlachthöfen!

Alles in Allem schien mir dieser Popp – der ein solches System installieren und betreiben konnte – der geeignete Kandidat für meine Unternehmungen zu sein!"

„Aber, er arbeitete doch in einer komplett anderen Sparte wie Sie!", wunderte sich Ferdinand. „Wie hat das denn zusammengepasst?"

„Überhaupt nicht – das war ja das Geniale!", gab der alte Mann zur Antwort.

Ferdinand verstand nicht, was er damit meinte, als der Alte ihm auf die Sprünge half:

„Wie Du schon so richtig bemerkt hast, hatte Popp keinerlei Ahnung von Chemie, Gesteinen oder Bergbau. Aber er war ein erfolgreicher Unternehmer, der sein Geld gerne gewinnbringend investieren wollte, um sein Vermögen noch weiter zu vergrößern – also dieselbe Leier wie immer: die Leute kriegen den Hals einfach nicht voll! Außerdem war er seit seinem Erfolg auf der Pariser Weltausstellung ein bekannter und geachteter Mann, in dessen Umfeld seitdem Personen kreisten, die noch weit mehr Geld besaßen als Popp!"

„Und dieses Geld auf ein Zuraten von Popp auch in Ihr Projekt investieren würden!", rechnete Ferdinand 1 und 1 zusammen.

„Exakt!", sagte ein lächelnder Peter Kagenbusch.

„Und welchen Bären haben Sie ihm aufgebunden?", fragte Ferdinand interessiert.

„Nun, ich habe ihm gesagt, ich könne Gold und Silber aus Mühlsteinen extrahieren!"

Ferdinand musste aus vollem Halse lachen. „Darauf kann er doch nicht hereingefallen sein!", sagte er ungläubig.

„Aber natürlich!", sagte der Alte. „Er hat mir ein chemisches Labor in seiner Firma eingerichtet und ich habe ihm dann in einem Experiment nachgewiesen, dass der Schmelztiegel, in den ich zermahlene Fragmente eines Mühlsteins gegeben und verschiedene Chemikalien nach meinem Geheimrezept hinzugefügt hatte, nach dem Einschmelzen des Gemischs Silber enthielt!"

„Welches Sie natürlich separat und unauffällig vorher selbst in den Tiegel geschmuggelt hatten!", sagte Ferdinand.

„Oh mein lieber, junger Freund!", erwiderte der Alte mit einem Lächeln, „Sie wären ein guter Zauberlehrling geworden!"

„Um wieviel Geld haben Sie denn den ‚pneumatischen Popp' erleichtert?", fragte Ferdi.

„Der Betrag, den ich von ihm persönlich bekam, quasi als Vorschuss für meine zu erwartende Arbeit, der hielt sich noch in Grenzen, aber er überzeugte eine handvoll Bekannte von meiner Idee und die gaben ihm mehrere hunderttausend Franken!", erklärte Kagenbusch.

„Was! Das war ja ein Vermögen!", meinte Ferdi.

„Natürlich!", antwortete der Alte. „Bei dieser Größenordnung habe ich es mit der Angst zu tun bekommen und bin zurück in die alte Heimat in die Rheinprovinz gegangen."

„Und was wurde aus Popp? Der konnte doch das Versprochene nicht halten!", wollte Ferdinand wissen.

„Der kam natürlich in Schwulitäten! Seine reichen Freunde haben ihn verklagt und er wurde in Paris vor Gericht gestellt!", bekannte der alte Mann. „Ich habe zufällig vor knapp zwei Jahren – im November 1886 – einen Bericht über diesen Prozess im ‚Herforder Kreisblatt' gelesen und ihn mir natürlich ausgeschnitten und in meinem Buch verwahrt!"

Kagenbusch kramte einen Zeitungsausschnitt über den Gerichtsprozess hervor und las:

  *„Paris.*

   *Die Alchemie vor Gericht.*

*Daß es noch Leute gibt, die den Stein der Weisen für eine Wirklichkeit halten, ist weiter nicht auffallend, da ja überhaupt kein noch so alberner, noch so verrückter Aberglaube bekannt ist, der nicht auch in unsern Tagen leider noch Tausende von Anhängern besäße. Aber daß sich in Paris Kapitalisten finden, die für den Stein der Weisen, namentlich wenn er in Gestalt eines gewöhnlichen Wacker- oder Mühlsteins auftritt, 445.000 Franken opfern, kann billig Verwunderung erregen. Und doch hat sich der Fall ereignet. Der Angeklagte ist Herr Popp, der Direktor der pneumatischen Uhren, dem fünf Kläger Ernstliches vorzuwerfen haben. Herr Popp hätte ihnen versprochen, die Edelmetalle aus Mühlsteinen herauszubringen, hätte aber mit seinen zahlreichen Versuchen bisher nur das gemünzte Geld aus den Taschen der Kläger gebracht, zwischen 300.000 und 400.000 Franken.*

*Die strittige Frage ist demnach die: Kann man Geld aus einem Mühlstein ziehen? Wenn ja, dann hat Herr Popp keinen Betrug begangen, wenn nicht, dann hat er das Vertrauen seiner Kommanditäre mißbraucht. Um die Frage zu erörtern, wurde eine Anzahl patentierter Alchemisten vorgeladenen; es sind dies Ingenieure, Professoren, große Gelehrte die sich nicht einigen können, der Eine sagt: Ja, der Andere: Nein; einer der Chemiker oder Alchemisten behauptet 300 Gramm Gold aus einer Tonne Mühlsteine gezogen zu haben, ein anderer fand kein Stäubchen. Der Gerichtshof ist demnach sehr genau unterrichtet.*

*Herr Popp gibt an, er habe in seinem Loboratorium einen alten, sehr geschickten deutschen Arbeiter, Namens Kagenbusch, gehabt, der in der That Silber aus Mühlsteinen gezogen hat. Leider ist Kagenbusch nach seiner Heimat zurückgekehrt. Die Sache ist also immer noch nicht recht klar. Zum Glück werden die Advokaten in acht Tagen plädieren und vielleicht gelingt es ihnen, mehr Licht zu verbreiten. "*

„Und was ist aus dem armen Popp geworden?", fragte Ferdinand. „Hat man ihn verurteilt?"

„Ich hätte den entsprechenden Artikel damals beinahe übersehen und ihn weder gelesen noch aus der Zeitung ausgeschnitten, so klein war er!", gab Kagenbusch zur Antwort und nahm ein kleines Zettelchen aus seinem Buch. „Er trug den schönen und passenden Titel ‚Der Stein der Weisen'!"

Der Alte lachte und las dann das Urteil vor:

*„Das 9. Strafgericht hat gerade über den Prozess gegen Herrn Popp, Direktor der Pneumatischen Uhren, entschieden.*

*Es ist bekannt, dass Herrn Popp im Zusammenhang mit der Anwendung eines Verfahrens zur Gewinnung von Gold aus Mühlsteinen Betrug vorgeworfen wurde.*

*Gegen Herrn Popp wurde die Anklage fallen gelassen, da nicht erwiesen ist, dass er von der Vortrefflichkeit dieses Extraktionssystems überzeugt war und seine Gutgläubigkeit daher nicht in Frage gestellt werden kann.*

*Die von Herrn Popp gegen die Kläger erhobene Gegenklage wurde jedoch abgewiesen."*

„Da hat er aber Glück gehabt!", sagte Ferdinand.

„Das will ich meinen!", stimmte ihm Kagenbusch zu.

# Nachtisch

Gerade als Ferdinand sich nach dem Fortgang der Geschichte erkundigen wollte betrat Schwester Hildegard das Krankenzimmer und hatte ihren Rollwagen dabei, um die Tabletts mit den Tellern abzuräumen.

„Hat es Ihnen geschmeckt, meine Herren!", erkundigte sie sich.

„Vielen Dank, Schwester Hildegard!", sagte der Alte. „Das belegte Butterbrot war sehr gut! Mir schmeckt überhaupt alles sehr gut, seit ich hier im Krankenhaus bin – eine Graupensuppe mal ausgenommen!"

„Und am besten schmeckt Ihnen sowieso der Bohnenkaffee!", ergänzte Schwester Hildegard und beide mussten lachen.

„Ich entschuldige mich nochmal, dass es heute keinen Nachtisch gab", sagte sie.

„Aber Schwester, Sie zu sehen ist doch der süßeste Nachtisch für Herrn Kagenbusch und mich!", erwiderte Ferdinand.

Die Krankenschwester wurde knallrot im Gesicht und war ganz verlegen. Ferdinand merkte, dass er wohl ein wenig übertrieben hatte, wusste aber nicht, was er sagen sollte.

Der Alte sprang ihm zu Seite und sagte zu Schwester Hildegard: „Daran sieht man, dass der junge Mann auf dem Weg der Besserung ist – er ist schon wieder frech!"

„Das wird es wohl sein ...", sagte Schwester Hildegard noch immer etwas verschämt und verließ mit ihrem Rollwagen Zimmer 7.

## Zurück in der Rheinprovinz

Peter Kagenbusch nahm sein Buch wieder hervor und führte die durch das Mittagessen unterbrochene Unterhaltung fort:

„Ich war also Mitte/Ende 1886 wieder zurück im Deutschen Reich. Im Süden von Westphalen wohnte ein Gerber namens Albrecht Vorländer aus Feldhoferbrück, der im Jahr zuvor in der Nahe von Schönenberg im Bröltal an einem Bach ein Gestein entdeckt hatte, von dem er vermutete, daß es Quecksilber enthalte. Er benötigte einen Chemiker, der eine Probe des Gesteins untersuchte und gelangte über verschiedene Umwege an mich.

Weil das meiste Geld aus Paris schon aufgebraucht war, übernahm ich die Analyse der Gesteinsprobe. Da ich wusste, was Vorländer zu finden hoffte und ich ein netter Mensch bin, erklärte ich ‚nach eingehender Untersuchung' der Probe, sie enthalte 25 Prozent Quecksilber. Darüber stelle ich ihm auch ein schriftliches Gutachten aus."

„Ich vermute mal, die Probe erhielt kein Quecksilber!", sagte Ferdinand.

„Nicht die Spur!", bestätigte ihm der Alte. „Aber er hatte sein Gutachten, ich mein Geld und alle waren zufrieden! Was aus ihm geworden ist, weiß ich nicht, denn kurz nach dem Gutachten bin ich weiter in den Norden von Westphalen gezogen."

„Hatten Sie denn ein Einkommen?", wollte Ferdinand wissen.

„Kein geregeltes!", antwortete der alte Mann. „Ich war ja mittlerweile schon siebzig und niemand wolle einen Greis beschäftigen, hieß es immer!"

„Wovon haben Sie dann gelebt?", fragte Ferdi.

„Von Gelegenheitsarbeiten", sagte Kagenbusch.

„Haben Sie nie versucht, Kontakt mit Ihrer Familie in Bochum und Umgebung aufzunehmen?", wollte der junge Mann wissen.

„Nein. Da war vor über 40 Jahren der Kontakt abgerissen und ich wusste nicht, ob von meinen Geschwistern überhaupt noch jemand am Leben war. Falls doch, hätte man mich vermutlich aus dem Haus geworfen und gesagt, dass ich jetzt nach 40 Jahren, wo ich plötzlich Hilfe bräuchte, auch nicht mehr angekrochen zu kommen bräuchte! Außerdem wollte ich lieber verhungern, bevor ich mir eine solche Blöße gab!", sagte Peter Kagenbusch trotzig.

„Und wie sah es mit staatlicher Unterstützung aus – haben Sie das mal versucht?", fragte Ferdinand.

„Das habe ich, aber ich hatte eine wichtige Sache vergessen!", sagte der Alte.

„Welche?", fragte Ferdi.

„Das ich britischer Staatsbürger bin!", lautete die Antwort des alten Mannes.

„Ja und?", meinte Ferdinand. „Sie sind doch in der Rheinprovinz geboren worden."

„Nun. Die letzten Jahre hatte ich außerhalb des Reichsgebietes verbracht, vor allem in Großbritannien. Dort hatte ich auch mein Einkommen gehabt und mehr oder weniger viele Steuern gezahlt. Das Deutsche Reich vertritt offiziell die Haltung, niemanden zu unterstützen, der eine ausländische Staatsbürgerschaft besitzt, sich jahrelang im Ausland aufgehalten hat und der nun glaubt, er müsse sich gegen Ende seines Lebens in der alten Heimat ‚durchfüttern' lassen!

„Oh, dass wusste ich auch nicht!", gab Ferdinand zu.

Kagenbusch fuhr fort: „Man setzte mir offiziell das Ultimatum, entweder binnen vier Wochen jemanden zu finden, der mir Unterkunft und Verpflegung gewährte, sodass dem Staat keinerlei Kosten entstehen ..."

„... oder ...", sagte Ferdinand.

„... ich müsse das Gebiet des Deutschen Reiches verlassen!", sagte Kagenbusch und schluckte.

„Konnten Sie jemanden finden, der Sie unterstützte?", fragte sein junger Zimmergenosse.

„Leider nein!", antwortete der alte Mann sichtlich bedrückt.

„Was geschah dann?", wollte Ferdi wissen.

„Am 21. Februar 1888 wurde wortwörtlich: ‚der Ausweisungsbeschluß zur Ausweisung von Ausländern aus dem Reichsgebiete auf Grund des § 362 des Strafgesetzbuchs für Peter Kagenbusch, angeblich Bergwerks-Direktor, 71 Jahre, geboren zu Stiepel, Kreis Hattingen, Preußen, großbritannischer Staatsangehöriger' ausgesprochen!", las Kagenbusch den Bescheid vor.

„Das ist bitter!", fühlte Ferdi mit dem Alten mit. „Wie konnten Sie einer Ausweisung entgehen? Ich meine, Sie sind ja noch hier, im Deutschen Reich!"

„Wie meistens in meinem Leben – durch Flucht!", gab der alte Mann zu. Ich habe mich gewissermaßen von Kirchengemeinde zu Kirchengemeinde durchgeschlagen und gebettelt. Nie blieb ich länger als zwei Tage am selben Ort, damit man mir von Seiten der Polizeibehörden möglichst nicht auf die Schliche kommen sollte. Zum Schluss war ich ohne Obdach und habe ein paar Wochen auf der Straße gelebt, bis man mich hier in Hagen wegen meines schlechten gesundheitlichen Zustandes ins Krankenhaus gesteckt hat."

„Aber man kennt doch hier Ihren Namen", wunderte sich Ferdi. „Wollte man Sie von behördlicher Seite nicht trotzdem ausweisen, als man Ihrer habhaft wurde?"

„Doch, aber dieses Krankenhaus ist teilweise in kirchlicher Hand und man sah es als einen Akt der Barmherzigkeit an, einen so alten Mann wie mich nicht einfach auszuweisen, zumindest nicht, so lange ich mich nicht in einem besseren Zustand befinde!", erklärte ihm der Alte.

„Da hatten Sie aber Glück!", stellte Ferdinand fest.

„Das stimmt! Seit zwei Wochen bin ich hier und die Menschen sind gut zu mir. So etwas habe ich lange nicht erlebt und eigentlich auch gar nicht verdient!", sagte Kagenbusch.

„Sagen Sie doch so etwas nicht!", meinte Ferdinand.

„Doch. Ich hatte mein Ende schon auf der Straße gesehen, im kommenden Winter irgendwo erfrierend! Nun liege ich hier im Krankenhaus, werde umsorgt, habe es warm und sogar nette Gesellschaft!", stellte der Alte mit Blick auf seinen Bettnachbarn fest.

Ferdinand lächelte den alten Mann an. Nach allem was der ihm erzählte hatte, hatte er in seinem Leben zwar jede Menge Schuld auf sich geladen, aber dass er am Ende auf der Straße gelandet war, tat Ferdi leid – so etwas hatte kein Mensch verdient!

„Weißt Du was, junger Freund?", fragte der Alte.

„Nein!", antwortete Ferdi.

„Wir sind im hier und jetzt angekommen, will heißen ich habe Ihnen meine gesamte Lebensgeschichte erzählt und bin am Ende angelangt!", sagte Kagenbusch.

„Es war eine sehr bewegende Geschichte!", stellte Ferdinand fest. „Es gab viele Momente, in denen ich wütend auf Sie war, weil Sie so viele Menschen belogen und betrogen haben! Es gab aber auch lustige oder nachdenkliche Momente. Ihre Erzählung hat mich sehr bewegt ... und natürlich auch meine Langeweile in den letzten Tagen vertrieben!", sagte Ferdi und lachte.

Johann Peter Kagenbusch lachte auch und streckte seinen Arm und die Hand, die sein Buch festhielt in Richtung seines Bettnachbarn aus. Er sagte:

„Darf ich Dir mein Buch schenken, junger Freund?"

„Aber das wollten Sie mir doch nach Ihrem Tod vermachen, bis dahin ist es doch noch lange hin!", sagte Ferdinand.

„Ich benötige es nicht mehr. Alles Wichtige, das darin steht, habe ich in meinem Kopf. Vielleicht denkst Du ja ab und zu an mich, wenn Du es in der Hand hältst, Ferdi!", sagte Kagenbusch.

Der alte Mann tat Ferdinand leid, wie er so seinen schmächtigen Arm ausgestreckt hatte und quasi darum bettelte, dass doch jemand etwas von ihm haben und sich an ihn erinnern möge! Ferdi streckte seine Hand aus und nahm das Buch entgegen.

„Vielen Dank, Herr Kagenbusch!", sagte er und hätte beinahe angefangen zu weinen.

„Ich danke Dir, Ferdinand, Du machst mir eine große Freude! Es hat mich sehr gefreut Dich kennenzulernen", sagte der alte Mann und schloss mit einem Lächeln im Gesicht seine Augen. Er war so unglaublich müde.

## Heiß und kalt

Ferdinand hing seinen Gedanken nach und dachte über den alten Mann nach, der im Bett neben ihm mal wieder schlief, wie so oft in den letzten Tagen. Er gönnte es ihm, denn der Alte hatte ein Leben geführt um dass ihn Ferdi nicht beneidete. Er schaute nach unten auf das Buch in seiner Hand. Es mochten vielleicht zehn Minuten vergangen sein, seit ihm der alte Mann das Buch mit seiner Lebensgeschichte geschenkt hatte. Ferdinand war der Meinung, dass es gut war, dem alten Mann damit eine Freude bereitet zu haben.

Die Zimmertür öffnete sich und zu Ferdis Freude trat Schwester Hildegard ein, eine Tasse mit dampfendem Inhalt in der Hand haltend. Ferdi lächelte sie an und hielt sich den ausgestreckten Zeigefinger vor seine Lippen, als Zeichen, dass sie leise sein sollte.

„Er schläft schon wieder!", sagte Ferdinand mit Blick auf seinen Bettnachbarn.

Schwester Hildegard kam näher und stellte die Tasse mit dem heißen Tee auf den Nachttisch des Alten.

„Er schläft nicht!", sagte sie und schaute Ferdinand an. Der wusste nicht was sie meinte, erst als sie die drei mittleren Finger ihrer Hand an das Handgelenk des alten Mannes legte, ahnte er Schlimmes.

„Er hat keinen Puls mehr!", sagte Hildegard und senkte ihren Kopf, so dass sich ihr Ohr über dem Mund des Alten befand.

„Ich kann auch kein Atemgeräusch mehr feststellen!", sagte sie, bevor sie wortlos das Krankenzimmer verließ und Ferdinand fassungslos zurückließ. Es verging keine Minute bevor sie wieder zurück war. Sie hatte aus dem Schwesternzimmer einen kleinen Taschenspiegel mitgebracht und hielt ihn dem alten Mann vor den Mund, um zu sehen, ob

169

sich dessen Atem darauf niederschlug, aber es war nichts zu sehen.

„Er ist tot!", stellte sie traurig fest. „Hoffentlich befindet er sich jetzt an einem besseren Ort!" Sie faltete die Hände des Toten wie zum Gebet und sagte: „Seine Hände werden langsam kalt ..."

„Aber das kann doch nicht sein!", sagte Ferdinand. „Wir haben doch vor 10 Minuten noch miteinander gesprochen! Sind Sie ganz sicher?", fragte er die Krankenschwester und Tränen liefen über seine Wangen.

Schwester Hildegard setzte sich auf die Kante von Ferdinands Krankenbett und hielt seine Hand, um ihn zu trösten.

Er konnte es immer noch nicht fassen! „Ich habe doch gerade noch mit ihm gesprochen und jetzt liegt da nur noch eine leere Hülle, die nie wieder etwas sagen wird!"

„Sehen Sie ihn sich an!", sagte Schwester Hildegard. „Er ist mit einem Lächeln auf den Lippen gestorben. Wer kann das schon von sich sagen?"

Ferdi weinte vor sich hin – er konnte nichts mehr sagen.

„Wissen Sie, Ferdinand, Herr Kagenbusch hat mir gestern morgen, als ich ihn zur Toilette gebracht habe, erzählt, dass er Sie mag und dass er froh ist, dass er Ihnen noch seine Geschichte erzählen kann, denn sonst habe er ja niemanden mehr!", sagte sie.

Ferdi musste noch mehr weinen, als er das hörte.

Schwester Hildegard nahm Ferdis Kopf und legte ihn an ihre Schulter – er heulte wie ein kleines Kind. Sie war durch ihren Beruf daran gewöhnt, beinahe täglich Tote zu sehen, bei Ferdi war das etwas anderes, außerdem hatte er in den letzten Tagen eine persönliche Beziehung zu dem alten Mann aufgebaut!

Sie merkte, dass der junge Mann sich langsam beruhigte und das Schluchzen leiser wurde. Sie nahm seinen Kopf in beide Hände und sah ihn an.

„Na, geht's wieder?", fragte sie.

„Ja, so langsam", antwortete Ferdi. „Ich habe ja schon öfters mal einen Toten gesehen, aber bei ihm kam es für mich wie ein Blitz aus heiterem Himmel und hat mich wie der Schlag getroffen. Gerade habe ich noch mit ihm gesprochen, da habe ich doch nicht geahnt, dass es seine letzten Worte sein werden!"

„Ja, so ist das manchmal im Leben. Aber seine Zeit war einfach gekommen und wir können froh sein, dass er nicht wochenlang Schmerzen hatte und leiden musste!", sagte Schwester Hildegard.

„Das stimmt", pflichtete Ferdinand ihr bei.

„Kann ich Sie alleine lassen?", fragte sie.

„Ja, es geht schon wieder!", sagte Ferdi.

„Alles klar. Ich komme später nochmal wieder", versprach sie ihm.

Für's Erste hatte sie ein paar administrative Aufgaben zu erfüllen. Sie ging ins Schwesternzimmer und nahm das Buch mit den Berichten zu den Patienten hervor, dessen Lesebändchen normalerweise immer an der Stelle des letzten Eintrags zwischen den Seiten lag. Sie schlug das Buch mithilfe des Bändchens auf und schrieb einen neuen Eintrag:

„Zimmer 7: Kagenbusch, Peter, ca. 70 Jahre alt, Todeszeitpunkt: 2 Uhr nachmittags."

Dann ging sie los, um Dr. Koch zu suchen.

## Die Leichenhalle

Es war 3 Uhr nachmittags, aber statt wie gewohnt Kaffee und Kuchen zu bringen, hatte Schwester Hildegard zwei Männer mit einer Trage im Schlepptau, als sie Zimmer 7 betrat.

„Die beiden nehmen Herrn Kagenbusch mit", erklärte sie Ferdinand den Grund ihres Besuches.

Die zwei Männer waren von kräftiger Statur. Sie stellten die Trage auf der von Ferdi abgewandten Seite neben das Bett des alten Mannes. Dann nahmen sie das Federbett vom Leichnam und wickelten diesen in ein großes Laken, dass sie mitgebracht hatten. Sie legten den eingewickelten Körper auf die Trage und schlossen die Gurte, die an dieser angebracht waren, um zu verhindern, dass die einstmals menschliche Fracht während des Transports herunterfallen konnte. Man merkte, dass die beiden ein eingespieltes Team war, das keine Worte wechseln musste, um seine Arbeit zu erledigen. Die Männer gingen je einer vorne und einer hinten an die Griffe der Trage. Der alte Mann wog nicht mehr viel und so war es für sie ein leichtes die Trage anzuheben.

Sie nickten Schwester Hildegard zum Zeichen des Abschieds zu und verließen den Raum.

„Wo bringen Sie ihn hin?", fragte Ferdi.

„Nach unten in die Gewölbekeller. Da ist es am kühlsten und dort kann man den Leichnam bis zu dessen Beerdigung morgen früh am besten lagern. Ich glaube, dass wegen der momentanen sommerlichen Temperaturen in diesem Raum noch zusätzlich Stangeneis lagert, damit kein Verwesungsgeruch entsteht", antwortete Schwester Hildegard.

Ferdinand mochte sich das gar nicht vorstellen.

Inzwischen hatten die beiden Männer den Lastenaufzug erreicht. Es war keine Selbstverständlichkeit so eine moderne Einrichtung in einem Krankenhaus vorzufinden, aber in Hagen war dies der Fall. Es ersparten den beiden Männern und ihren Kollegen den mühsamen Transport menschlicher Körper über das Treppenhaus – egal ob sie noch lebten oder nicht. Gerade für schwerverletzte Patienten konnte es lebensbedrohlich sein, falls sie von der Trage fielen. Mit dem Fahrstuhl war das so gut wie ausgeschlossen.

„Werden Sie ihn in einen Sarg legen?", fragte Ferdinand.

„Ich fürchte nein!", gab Schwester Hildegard ehrlich zu. „Da er keine Angehörigen hat, wird das ein anonymes Begräbnis auf Staatskosten werden. Er wird also weder in einem Sarg bestattet, noch wird ein Kreuz mit seinem Namen auf dem Grabhügel stehen, sondern er wird anonym begraben werden!"

173

Ferdinand fand diese Vorstellung furchtbar. Er sagte: „Kann ich bei der Beerdigung dabei sein? Ich meine, er hat ja sonst niemanden!"

„Aber Sie dürfen doch Ihr Bein noch nicht belasten, hat der Doktor gesagt!", entgegnete sie.

„Ich weiß, aber ich finde die Vorstellung schrecklich, dass an seinem offenen Grab nur ein Pfarrer und der Totengräber stehen und niemand der ihn kannte und mochte!", sagte Ferdi.

Schwester Hildegard dachte nach und sagte dann: „Geben Sie mir etwas Zeit, ich will schauen, was sich machen lässt!"

Sie berührte zum Abschied mit ihren Fingern zärtlich seine Hand und verließ das Krankenzimmer.


## Informationen zur Person

Ferdinand hatte keinen Appetit auf Kaffee und Kuchen gehabt sondern stattdessen ein wenig geschlafen. Es hatte ihm gutgetan und geholfen das heute Erlebte ein wenig zu verarbeiten.

Es klopfte an der Zimmertür und eine Frau im Ordensgewand, die er um die sechzig schätze, kam herein.

„Guten Tag, Herr Stüber", sagte sie. „Ich bin die Leiterin dieses Krankenhauses, die Diakonissin Louise Sauerland."

„Oh gute Tag, gnädiges Fräulein!", grüßte Ferdinand zurück.

„Schwester Hildegard hat mir gesagt, dass Sie ihren heute zu Gott befohlenen Bettnachbarn etwas näher kannten und mir ein paar Daten zu seiner Person geben könnten, die ich morgen früh bei der Anzeige seines Todes auf dem Standesamt benötige."

„Ja, das stimmt!", sagte Ferdinand.

Er nahm das Buch, das der alte Kagenbusch ihm gerade einmal vor zwei Stunden gegeben hatte vom Nachttisch und schlug es ganz vorne auf, dann reichte er es der Diakonissin und sagte:

„Sehen Sie, er hat ganz vorne auf der ersten Seite die relevanten Informationen aufgeschrieben, also wann und wo er geboren wurde, wer seine Eltern waren und so weiter. Er bat mich darum, dass ich Ihnen diese Daten nach seinem Tod geben solle, damit man auf dem Standesamt weiß, um wen es sich handelt und nicht nur sein Name in der Todesanzeige steht", sagte Ferdi.

„Das war sehr weitsichtig von ihm!", sagte die Leiterin des Krankenhauses und nahm das Buch entgegen. „Schwester Hildegard sagte mir, dass das Buch ein Geschenk des Verstorbenen an Sie ist und Sie es vermutlich ungern aus der Hand geben möchten. Wenn es Ihnen recht ist, würde ich mir die Daten auf der ersten Seite gerne abschreiben, dann muss ich Ihr Buch morgen nicht mit auf's Standesamt nehmen."

„Ja, natürlich! Das wäre sehr nett von Ihnen!", erteilte Ferdinand seine Zustimmung.

Die Diakonissin fuhr mit ihrer Hand in eine von außen nicht sichtbare Innentasche ihrer Ordenstracht und zog ein kleines Notizbüchlein hervor an dem in einer ledernen Schlaufe ein kleiner Bleistift steckte. Sie schlug die erste frei Seite auf und schrieb die Daten aus dem Buch des Alten, das nun Ferdi gehörte, ab. Als sie damit fertig war, schlug sie beide Bücher zu, gab Ferdinand das größere der beiden zurück und steckte das kleine wieder an den geheimen Ort, von dem sie es zuvor ans Tageslicht gezaubert hatte.

„Vielen Dank, Herr Stüber, nun bin ich für morgen früh gut vorbereitet und wir können dem verstorbenen Herrn Kagenbusch einen würdigen Eintrag im Sterberegister bereiten!"

„Das freut mich sehr! Vielen Dank!", sagte Ferdinand.

„Ruhen Sie sich etwas aus!", sagte die Diakonissin zum Abschied. „Wenn Sie nicht schlafen können, sprechen Sie ein paar Gebete zu Gott. Glauben Sie einer alten Frau: das hilft!"

Sie lächelte Ferdi an und verließ das Krankenzimmer.


## Nach Feierabend

Ferdinand lag in seinem Bett – was sollte er auch sonst machen. Traurig war nur, dass niemand mehr in dem Bett neben ihm lag und ihm mit seinen Erzählungen die Langeweile vertrieb!

Es mochte nach 7 Uhr abends sein, dachte er. Um 6 Uhr hatte Schwester Hildegard wie üblich das Abendbrot gebracht, aber Ferdi hatte noch immer keinen Appetit gehabt. Der Tod des Alten war ihm auf den Magen geschlagen. Er hatte der Krankenschwester gesagt, sie könne das Tablett wieder mitnehmen und war auch nicht auf ihren Vorschlag eingegangen, es doch erst einmal stehen zu lassen – vielleicht bekäme er ja doch noch Hunger!

Ferdinand dachte über den heutigen Tag nach. Bis nach dem Mittagessen war es eigentlich ein ganz normaler Tag gewesen – zumindest normal, was die letzten Tage hier im Krankenhaus betraf. Sie hatten noch zusammen zu Mittag gegessen und der alte Mann konnte anschließend seine Lebensgeschichte zu Ende erzählen, so wie er es sich gewünscht hatte. Dass er sich aber so kurz vor dem Ende seines Lebens befand, damit hätte Ferdinand nicht im Traum gerechnet!

Wenn man miterlebte, dass jemand quasi von einem Moment zum anderen nicht mehr existierte, also nichts mehr so war wie zuvor, dann konnte einem das eine ziemliche Angst machen, fand er. Dann gab es nichts, vorauf man sich verlassen konnte, nichts was sicher war. Natürlich, Kagenbusch war ein alter, kranker Mann gewesen, das hatte Ferdi ja nicht zuletzt bei dessen Blutsturz erkennen müssen. Aber dass es so schnell zu Ende gehen würde, dass hätte er nie gedacht. Vor allem die Endgültigkeit des Todes war so erschreckend. Diese Tatsache konnte nie wieder umgekehrt werden, weder heute noch morgen, noch irgendwann. Und die Welt drehte sich einfach weiter! Sie tat so, als sei nichts geschehen! Morgen früh würde wieder die Sonne auf- und abends untergehen, so wie an jedem anderen Tag! Die Diakonissin hatte ihm zwar den Rat gegeben zu beten, aber Ferdi war sich nicht sicher, ob ihm das helfen und seine Gedanken vertreiben würde ...

Nein, der heutige Nachmittag hatte nichts Schönes gehabt, dachte sich Ferdi – mit einer Ausnahme: Schwester Hildegard. Sie war sehr nett zu ihm gewesen, hatte ihn in seinem Kummer getröstet und trotz des Schmerzes, den er über den Tod seines Bettnachbarn empfand, erinnerte Ferdi sich, dass er es als sehr angenehm empfunden hatte, als er seinen Kopf an der Schulter von Schwester Hildegard angelehnt hatte und ihm der Duft ihres Haares in die Nase gestiegen war.

Ferdinand war so sehr am Tagträumen, dass er gar nicht mitbekommen hatte, dass jemand das Zimmer Nr. 7, in dem er jetzt ganz alleine lag, betreten hatte. Erst als Schwester Hildegard neben ihm stand, nahm er sie wahr und zuckte erst einmal zusammen.

„Keine Angst, ich bin's nur!", sagte Sie und lächelte ihn an.

„Entschuldigung, Schwester Hildegard, ich war ganz in Gedanken versunken!", meinte Ferdi und lächelte zurück.

„Kein Problem!", sagte die Krankenschwester. „Ich wollte auf meinem Nachhauseweg nur noch einmal bei Ihnen vorbeischauen und sehen, ob es Ihnen besser geht!"

„Vielen Dank, das ist sehr lieb von Ihnen!", erwiderte Ferdinand. „Es geht mir auch schon deutlich besser als direkt nach dem Tod meines Zimmergenossen!"

„Das freut mich!", sagte Hildegard. „Außerdem wollte ich den heutigen Tag noch mit einer frohen Botschaft für Sie ausklingen lassen!"

„Aha", sagte Ferdi, „jetzt machen Sie mich aber neugierig!"

„Also", begann Schwester Hildegard. „Sie möchten doch unbedingt morgen bei der Beisetzung von Herrn Kagenbusch dabei sein, richtig?"

Ferdinand nickte.

„Nun gibt es aber das Problem, dass Sie ihr gebrochenes Bein noch nicht belasten dürften!", fuhr sie fort.

„Auch das stimmt!", gab Ferdi ihr recht.

„Deswegen habe ich mit Dr. Koch gesprochen und er hat unter den gegebenen Umstände eingewilligt, Ihnen wieder den Rollstuhl zur Verfügung zu stellen, mit dem ich Sie auf den Friedhof und wieder zurück fahren kann!" Sie strahlte über das ganze Gesicht bei dieser Aussage.

Ferdinand stieß einen Jubelschrei aus, packte Schwester Hildegard an ihren Oberarmen und zog sie an sich ran. Er umarmte sie und sagte:

„Vielen Dank, Schwester Hildegard, Sie sind die Allerbeste!" Dann küsste er sie auf die Wange.

Schwester Hildegard errötete vor Scham und als Ferdi sie wieder los ließ, stammelte sie nur:

„Es freut mich, wenn ich Ihnen damit eine Freude machen kann!"

„Das tun Sie wirklich, Schwester Hildegard!", bedankte sich Ferdi noch einmal bei ihr. „Und verzeihen Sie mir, dass ich Sie im Überschwang der Gefühle einfach so geküsst habe!" Er lächelte Sie an.

Sie lächelte zurück und sagte: „Ist schon in Ordnung! Wir sehen uns dann morgen früh. Schlafen Sie gut!"

„Ich wünsche Ihnen auch eine gute Nacht, Schwester!", erwiderte Ferdinand ihren Wunsch.

Schwester Hildegard verabschiedete sich und verließ das Krankenzimmer. Auf dem Weg nach Hause strich sie sich mehrfach leicht über die Wange, die Ferdinand eben geküsst hatte. Sie war sich sicher, dass sie diese Seite ihres Gesichtes heute Abend nicht waschen würde!

## Die Todesanzeige

Es war Viertel nach 9 Uhr morgens und Diakonissin Louise Sauerland, die Vorsteherin des städtischen Krankenhauses, befand sich auf dem Standesamt in Hagen, um den Tod des gestern verstorbenen Johann Peter Kagenbusch offiziell anzuzeigen. Sie hatte dem Standesbeamten die Daten gegeben, die sie aus dem ihr von Ferdinand Stüber ausgehändigten Notizbuch des Verstorbenen abgeschrieben hatte. Der Standesbeamte hatte ihre Angaben in das Sterberegister übernommen und las nun die Todesanzeige noch einmal vor, damit die Zeugin Sauerland die in ihm enthaltenen Angaben bestätigen konnte:

*N° 520. Hagen am 3ᵗᵉⁿ August 1888.*

*Auf Grund der schriftlichen amtlichen Anzeige der Diaconissin Louise Sauerland Vorsteherin des städtischen Krankenhauses und Bevollmächtigte des Vorstandes desselben, vom heutigen Tage wird hiermit vermerkt:*

*Daß Peter Kagenbusch, gewerblos, früher Bergwerks- und Hüttendirector, 71 Jahre alt, evangelischer Religion, zugereist, ohne festen Wohnort, geboren zu Stiepel, Amt Blankenstein, verheiratet gewesen mit der zu München-Gladbach verstorbenen Ewaldine geborene Dammann, Sohn der zu Stiepel verstorbenen Eheleute Fabrikanten Johann Georg Kagenbusch und Maria Catharina geborene Dunker, zu Hagen, im städtischen Krankenhause, am zweiten August des Jahres tausend achthundertachtzig und acht, Nachmittags um zwei Uhr verstorben ist.*

*Der Standesbeamte (in Vertretung), Völker.*


„Sind diese Angaben vollständig und korrekt?", fragte der Standesbeamte die Diakonissin.

„Ja, das sind sie!", antwortete sie.

„Schön, dann sind wir hier fertig!", sagte der Standesbeamte.


## Die Bestattung

Es war Freitag, der 3. August 1888 morgens 10 Uhr. Gestern war der alte Peter Kagenbusch friedlich in seinem Bett im städtischen Krankenhaus von Hagen entschlafen und nun stand seine Beisetzung an. Weil er keine bekannten Angehörigen hatte, die sich um seine Beerdigung kümmerten und diese auch bezahlten, erhielt er ein staatliches Begräbnis. Dieses wurde so kostengünstig wie möglich gehalten. Das bedeutete, dass der Leichnam nicht in einem Sarg, sondern nur in ein Leintuch eingewickelt beerdigt wurde. Es gab auch keine separate Grabstelle, die später ein Kreuz oder ein Grabstein mit dem Namen des Verstorbenen zieren würde. Statt dessen wurde der Leichnam in einer hinteren Ecke des Friedhofs bestattet, wo neben den anonymen Bestattungen sonst die Selbstmörder ihr Ende fanden.

Ferdinand fand diese Art der Bestattung würdelos. Zum Glück hatte er gestern gesagt, dass er gerne an der Bestattung des alten Mannes teilnehmen wollte und Schwester Hildgard hatte es geschafft, Dr. Koch zu überreden, dass er ihm wieder einen Rollstuhl zur Verfügung stellte. In diesem hatte ihn Schwester Hildegard vom Krankenhaus zum nahegelegenen Friedhof gefahren. Da es noch vormittags war, hatte sie Ferdi zur Sicherheit noch eine Wolldecke über die Beine gelegt.

Außer ihnen beiden waren nur der Kaplan der örtlichen Pfarrkirche, sowie zwei Totengräber anwesend. Ein trauriges Häufchen, dachte sich Ferdinand und hoffte, dass mehr Menschen ihm das letzte Geleit geben würden, wenn es einmal so weit war!

Der Kaplan sprach nur zwei Gebete, hielt eine kurze Ansprache an die kaum vorhandene Trauergemeinde, in der er wenigstens noch den Namen des Verstorbenen nannte. Dann ließen die beiden Totengräber den eingewickelten Leichnam an zwei dicken Seilen hinab in die ausgehobene Grube. Man betete zum Abschluss das Vater Unser und Ferdinand und

Hildegard warfen etwas Erde auf den Leichnam. Schwester Hildegard war so nett gewesen und hatte noch ein paar selbstgepflückte Blumen mitgebracht, die sie ebenfalls zum Abschied ins Grab warfen.

Der Kaplan segnete die Grabstelle noch einmal mit Weihrauch ein und schon war die würdelose Zeremonie beendet. Schwester Hildegard schob Ferdinand im Rollstuhl in Richtung Friedhofstor. Lange bevor sie dieses erreichten, hörten sie schon, wie die beiden Totengräber schaufelweise Erde die Grube warfen. Am Ende würde das Loch bodengleich verfüllt sein und in ein paar Wochen war im wahrsten Sinne des Wortes ‚Gras über die Sache gewachsen'!"

## Zwei Jahre später

Es war jetzt knapp über zwei Jahre her, seit der alte Peter Kagenbusch verstorben war. Ferdinand Stüber saß nach Feierabend zu Hause in seinem Wohnzimmer am Tisch und las wie üblich in der lokalen Tageszeitung, dem „General-Anzeiger für Düsseldorf und Umgegend" – heute die Ausgabe vom 15. August 1890. Sein Blick blieb an einem Betrugsfall hängen, der sich bereits 1886 ereignet hatte und nun an der Kölner Strafkammer verhandelt wurde. Er las sich den Artikel durch:

*„Gerichtssaal. Ein eigenartiger Betrugsfall kam der ‚Kölner Zeitung' zufolge an der Kölner Strafkammer zur Verhandlung. Der Gerber Albrecht Vorländer aus Feldhoferbrück entdeckte im Jahre 1885 in der Nahe von Schönenberg im Bröhlthal am Steinchen Bach ein Gestein, von*

183

*dem er vermutete, daß es Quecksilber enthalte. Er machte hiervon einem Grubenbeamten Mitteilung, beide hielten das Geheimnis für sich, um die Sache gemeinschaftlich auszubeuten."*

Der Name Vorländer kam Ferdinand irgendwie bekannt vor! Er las weiter:

*„Im Jahre 1886 übergab Vorländer dem Chemiker **Kagenbusch** eine Probe des Gesteins, welcher dasselbe chemisch untersuchte, worauf er erklärte, es enthalte 25 Prozent Quecksilber. Er stelle auch ein diesbezügliches schriftliches Gutachten aus. Kagenbusch, der später flüchtig wurde, war ein Schwindler. Das von ihm ausgestellte Gutachten war falsch, denn wie viele spätere Untersuchungen von berufener Seite ergaben, war das Gestein völlig wertlos.*

*Als Vorländer die Analyse des Kagenbusch im Besitz hatte, mutete er am 20. Oktober 1886 dem Oberbergamte zu Bonn das betreffende angebliche Bergwerk. Als die Kommission der Bergbehörde an Ort und Stelle erschien, erbot sich Vorländer den Beweis zu führen, daß das Gestein quecksilberhaltig sei. In einem Gasthaus zu Schönenberg zerstampfte und röstete er nach einem ihm von Kagenbusch angegebenen Verfahren einige der als Probe mitgenommenen Steine; nach zweistündiger Arbeit fanden sich in der Masse Quecksilberkügelchen vor. Vorländer hatte dieses Quecksilber, wie nicht anders anzunehmen ist, der Masse zugesetzt.*

*Das Bergwerk wurde einem Großindustriellen in London zum Verkauf angeboten. Derselbe erklär-*

te sich bereit, es zu erwerben. Am 26. November kam er nach Köln von wo aus der Verkauf vermittelt wurde, da er durch Einsicht des Kagenbuschschen falschen Gutachtens und des Protokolls des Oberbergamtes zu Bonn, welches, wie oben angeführt, von Vorländer getäuscht worden war, sich von der Rentabilität des Bergwerks überzeugt hielt. In Köln nahm Vorländer abermals eine Probe vor und auch jetzt fand sich Quecksilber in den Rückständen. Hierdurch wurde der Londoner bestimmt, am 28. November mit Vorländer einen Kaufvertrag abzuschließen, er hielt sich jedoch die Bestätigung desselben bis 21. Dezember vor, um anderweitige Untersuchungen vornehmen zu lassen. 6,000 Mark zahlte er an Vorländer als Vorschuss. In London wurde darauf von verschiedenen Sachverständigen das Gestein untersucht, allein es fand sich keine Spur von Quecksilber in demselben.

Trotzdem hielt der Industrielle die Sache noch nicht für aufgeklärt; auf seine Veranlassung kamen die beteiligten Personen nach London. Kagenbusch leitete die vorgenommene Analyse. Er setzte der Masse auch hier Quecksilber zu, indessen benahm er sich bei der Fälschung so plump, daß die Täuschung mißlang. Kagenbusch verschwand dann aus London. Da bisher keine Spur von ihm entdeckt wurde, so konnte gegen ihn nicht Anklage erhoben werden. Gegen Vorländer erkannte das Gericht auf acht Monate Gefängnis und drei Jahre Ehrverlust."

Ferdinand schüttelte den Kopf. Es „kagenbuschte" also noch immer im Blätterwald! Er nahm sich vor, den Artikel aus der Zeitung herauszuschneiden und in das Buch einzulegen, das er von dem alten Mann geschenkt bekommen hatte.

„Da hat mich der Alte bei der Schilderung seines letzten ‚Projektes' vor zwei Jahren doch noch belogen, obwohl er es mir anders versprochen hatte!", dachte sich Ferdi. „Von wegen: ich weiß nicht, was aus dem Vorländer geworden ist! Bist selbst noch mit in London gewesen und hast Dich ‚verdünnisiert', alter Mann, als ihr den Test vor dem möglicher Käufer in den Sand gesetzt habt!".

Ferdinand musste trotz allem schmunzeln. Er legte die Zeitung auf den Tisch, blickte hinüber zu seiner Frau Hildegard, die auf dem Sofa sitzend das gemeinsame Söhnchen Peter stillte, und sagte zu ihr:

„Du glaubst nicht, was ich gerade gelesen habe, Liebste!"


E N D E